몰래 보는 영화

몰래 보는 영화

장현두 시집

Kim Seok-hee 作

생각나눔

시인의 말

시를 쓰는 방에 드나든 지 꽤 오랜 시간이 흘렀다. 무언가는 외롭고 답답한 가슴이 시를 찾았다는 말이 옳을 것이다. 실제로 심장 가는 길이 거의 막혀 저승 문턱까지 갔더랬다. 그때 아직은 아니었는지 명의의 의술로 살아 돌아와 숲을 찾았다. 자연은 어머니 품처럼 나를 안아주었다. 나무와 풀에 다가가니 무한한 환영을 받았다. 꽃을 보고 감탄하고 감동하며 떠가는 구름과 향기로운 바람이 좋았다. 아침에 일어나 풀잎에 맺힌 이슬에 눈물 흘리고 눈부신 아침 햇살을 기쁨으로 맞이하였다.

시는 그리 간절하지 않았지만 마음 한구석 똬리를 틀고 들어앉아 나를 괴롭혔다. 그립고 외롭고 마음 아플 때마다 꽃잎 같은 부스러기들을 적었다. 여기 올리는 백여 편의 시들이 그런 부스러기들에서 온 부끄러운 기록

들이다. 시라고 말하기 어려운 글들이 대부분이다. 세상에 내보이기에 민망하다. 하지만 어쩌랴. 그것이 '나'이고 나의 한계인 것을….

칠십 언덕을 바라보며 생애 처음으로 나를 온전히 들어내는 책을 편다는 설렘과 뿌듯함이 있다. 이제는 '저는 이런 사람입니다.'라고 명함 대신 이 시집을 줄 수 있을 것 같아 오랜 소망을 이룬 셈이다.

상쾌한 아침 공기를 마시며 꽃과 나무와 풀들의 안부를 묻는 이 아름다운 세상에서 가족에게 고맙고 내가 만난 분들에게 감사의 인사를 올린다.

2022년 가을

강현두

차례

2부 여름

3부 가 을

4부 겨 울

1부
~
봄

연두 찬가

연둣빛 여리여리한 새 이파리들
얘기 손처럼 보드랍고
땅에선 작은 풀꽃이 하늘에선 나무들이
겨우내 참고 참았던 숨을
폭죽 터트리듯 단숨에 뿜어내는 연둣빛 아기들
갑자기 이름 모를 새소리 캉컹댕컹
바람도 없는 숲 속 세상은 이리 뒤집어지네
그저 어머니 품 같은 숲에 안겨 한숨 자고 싶다가
너도 푸른 물 나도 푸른 물
눈이 푸르고 귀도 푸르고 얼굴도 푸르고
온몸이 푸른색으로 물들어버렸네
아아 나는 이 연둣빛 푸른 물에 풍덩
빠져 죽어도 죽어도 좋으리

꽃샘

봄은 왔는데 아직은 아니라고
봄 속에 함박눈이 내리네
푹푹 내리네 산에 들에 마당에
내리는 솜털 같은 하얀 눈
그 임 마당에도 하얗게 내리겠지
내 그리운 마음
꽃 같은 시샘으로 아소서

꽃샘추위

햇빛은 눈부시고 바람은 차가웠다
겨울이 녹아든 저수지는 바다처럼 파도쳤다
나무는 세차게 흔들렸고
작은 새도 보이지 않았다
윙윙대는 바람 소리에 가슴이 쪼그라들었다
방안에 웅크리고 앉거나 엎드려서
들어오지 않는 책을 읽었다
봄은 꽃샘당할 건덕지가 있어 봄이다
꽃 같은 시샘 받을 건덕지가 없는 나는
희끗희끗한 머리나 봄바람으로 감고 싶다
하루를 넘기는 해는 붉지 않았다

괭이풀

속이 거북하면 나는 매실액을 마신다
고양이는 소화가 잘 안 될 때 괭이풀을 먹는다고
시큼한 매실 시큼한 괭이풀
고양이나 나나 시큼함이 필요한 동종물이다
다만 다른 한 가지
나는 이 쪼그만 괭이풀꽃에 빠져 시를 쓰고
고양이는 따스한 햇살에 빠져 존다는 것

개운하다

상추 모종을 심고 북까지 돋구어 주었다
느끼한 고기 먹고 김치로 입가심한 듯
목욕하고 난 후 바람 쐰 듯 개운하다
내친김에 대파에도 북을 돋궈 주었다 개운하다
잔디 깎고 잡풀들을 싹싹 깎고 나면
속이 시원하니 또 개운하다
어머니가 말아주신 김치 국수 한 그릇
먹고 나면 그리 개운했었다
사는 일에 이런 개운한 일이 많으면 참 행복하다
인간들 사이 쌓이는 찌꺼기들
개운하게 씻어줄 무엇은 없을까
그래도 대화밖에 없다지만
나는 나무와 풀들, 꽃과 새들과 얘기를 나눈다
우리 사이에는 아무런 찌꺼기가 쌓이지 않는다
아주 개운하다

꽃

그대 웃으면 따라 웃고
그대 울면 따라 우네
그대 어깨 처지는 날
내 가슴 까맣게 타고
그대 그리울 때면
나는 아무 말 하지 않으리
그대 다시 보는 꿈으로
나는 삼백예순날을 산다

각연사[1] 봄마중

봄은 얼음장을 무너뜨리며 오고 있다
보개산 청석골을 내린 봄물이 각연사에
모여든 작은 방죽
봄 햇살을 먹은 여울을 반영으로 묵언 수행 중이다
이끼밭 속 계곡에 꾸르렁꾸르렁 흐르는 물소리가
엉덩이를 들썩인다
늙은 이끼옷을 걸쳐 입은 고로쇠낭구는 몇백 년의
무게로 기울어져 있고
수백 년 연륜의 껍질이 너덜너덜한 느티나무는
산 가지보다 죽은 가지가 많다
지난가을 화려했던 추억을 아직 오그라든
단풍잎에 매달고 있는 단풍나무여
가을 하늘 같은 푸른 햇살이 버드나무 실가지
끝으로 참나무 실가지 끝으로 아기 분홍 볼로
달아오른다

---

1) 각연사: 충북 괴산에 있는 천년고찰로 보물 433호 비로자나불이 봉안되
어 있다.

대웅전 가는 석축은 천 년의 빛깔을 두르고
석장승이 누워있는 듯
돌계단을 올라 대웅전으로 무거운 몸을 옮기는
이 슬픈 중생아
마당에 지장전을 수백 년 지켜온 보리자나무
사이로 빼꼼이 열린 문
옷깃을 여미어 살며시 비로자나불을 뵌다
중생은 고개를 들어 존안을 보나 부처는
그 속내를 그윽이 내려다볼 뿐
봄이 오지 않은 이 몸을, 부처님은 벌써부터
알고 계시었다
봄은 각연사 스님 파르른 머리에 나무와 풀싹과
계곡에 합창 준비를 마쳤다

곰배령

곰이 발라당 누웠다
곰의 배로 하늘을 보는 고개
예전에 할머니들이 콩자루를 메고 장 보러 다녔다

여기는 고개가 아니다
해발 천 미터가 넘는 천상에 구름처럼 펼쳐진
너른 들판이며 낮은 언덕이다

계곡에는 천수(天水)가 내려 신선이 목욕한다
계곡은 울창한 숲을 만들어 굽이굽이
유유히 흘러
강을 만들고 바다를 이룬다

그 하늘 아래 숲의 그늘 아래
너와 나는 누가 먼저인지 모르게 손을 잡았다
온몸이 열리고 얼굴에 분홍빛이 돌았다

어떻게 살아야 하는가를 곰배령은 가르쳐준다
따뜻한 피가 돌도록 맑고 시원한 공기를 마시라고
푸른 하늘을 바라보고 붉은 흙을 밟으며 살라고

갑자기 꿩 한 마리 후드득 날아간다

나비야 나비야

나비야 날아라

사뿐사뿐 날아라

하늘은 맑고 푸르단다

나비야 날아라

성큼성큼 날아라

창피했던 것 잊어버려라

너를 내보이는 건 부끄러움이 아니란다

나비야 날아라

훨훨 날아라

더 이상 날 수 없을 때까지 날아라

힘이 모자란 건 부끄러움이 아니란다

나비야 날아라

우아하게 날아라

사랑 찾아 날아라

사랑을 구하는 건 죄가 아니란다

나비야 날아라

아름답게 날아라

아름다움을 탐하는 건 욕심이 아니란다

생은 아름다운 한 송이 꽃으로 피었다가 지는 사건

꽃이 지는 건 슬퍼할 일이 아니다

동네 갑장

그는 아무 때나 목소리가 크다
누가 들으면 싸움하는 줄 안다
내가 이 집성촌 동네에 들어와
처음 크게 싸웠던 사람이 바로 그다
그는 농사를 잘 짓는다
트랙터 모는 솜씨는 동네 제일이다
위암 수술을 받은 후로 더 깡말라 가면서도
끊었던 담배를 다시 피고
좋아하는 소주를 다시 마신다
부지런한 그의 아낙도 암 수술하여
옆구리에 배변 주머니를 차고서 아직 팔랑거리며
밭을 다닌다
나는 그가 매년 내 텃밭을 트랙터로 갈아주면
점심을 대접했다
올해는 맘먹고 한우 갈비탕을 냈다
그는 자기 혼자는 오지 않으므로
옆집 사는 그의 작은아버지 내외와 함께했다

점심을 다 먹고 나더니 그는 내년부턴 이런
밥 사지 말고 그 돈으로 사서 먹으란다
그러면서 큰 소리로 "잘 먹었어~."
깊은 항아리 속에서 울리는 소리를 낸다

댄싱퀸

빨간 구두 신고
소녀처럼 사뿐사뿐
나이가 다 뭐시냐
마음에 나이가 없듯
지하철 터미널에
빨간 구두 신고
살랑살랑 춤을 추는
팔 학년 누님
눈부시다 오늘의 퀸

목련에게 쓰는 편지

이 벅찬 사월에
새벽이슬 먹은 봉오리가
폭죽으로 터진다
눈부시게 가슴 먹먹한
너를 바라볼수록 내 얼굴엔 검버섯이 피고
지는 달의 곡선을 따라
네 꽃잎 자수를 놓은 머플러를 두른다
파란 하늘 눈 시린 목련 아래 서면
눈물을 감추고
수직하는 동백꽃 생각에 젖어
기어이 갈색 멍울로
하나 두울 떨어질 운명
너의 꽃비로 맞이하고 싶다

민들레

노오란 민들레가 풍성하게 피었다
고봉으로 편 노란 쌀밥이다
나물밥 고구마밥 풀떼죽 먹던 시절 하얀 고봉밥
한 그릇이 그리 부러웠다
쌀밥은 제사 때나 먹어 곡석밥 한 그릇 먹기가
가뭄에 콩 나듯 했다
호밀을 껍질째 갈아 물을 많이 부어 멀거니
끓인 풀떼죽
나는 끼니로 한 그릇 받아들면 인상부터 찡그려
무던히도 누나들 속을 태웠다
그는 좋은 자리보다 틈새에서 잘 산다
뿌리를 깊게 깊게 내리면서
노란 얼굴은 언제나 함박웃음 누구라서 그보다
따뜻한 마음을 알아줄까
오늘 그를 잡초로 몰아 무더기로 캐 버린 나를
후회한다
아무런 불평불만 없이 바람 부는 대로 씨가

닿는 대로

그곳에 뿌리를 내려 평화를 안식을 주는 그대여

노란 천사여

봄까치꽃

씨앗이 개의 불알을 닮았기로
이름을 개불알풀이라 지었다고
아무래도 망측하였겠다
너의 자궁벽에 선명한 광배(光背)
골고다언덕으로 십자가 지고 가는 예수 얼굴에
흐르는 피땀을
자기 수건으로 닦아준 베로니카,
그 수건에 어린 예수의 광배를 떠올린
서양인은 너의 이름을 베로니카라고
일본인은 여전히 개의 불알이라고 불렀고
중국인은 시할머니 파파(婆婆)가 즐긴다고 뽀어퍼로
우리는 봄까치꽃이라 드디어 꽃에 꽃이란
제 이름을 불러주었다
겨우내 땅에 납작 엎드려 봄이 오기만 기다렸다
양지쪽에 눈만 녹아라
봄 햇살이 네 가슴을 데우기 무섭게 자궁을 열었다

어디선가 벌님들이 앞다퉈 드나들더니 맺은 씨앗
개불알 닮으면 어떠냐 시할머니 좋아 웃고
봄 까치 떼로 몰려 짹짹대면 그만 아니냐
아침에 열었다 벌님 모시고 저녁에 닫고 내일은
또 다시 새로이 네가 열린다
베로니카여 봄까치꽃이여

동백꽃 사랑

동백꽃, 붉은 유혹 내 피를 돌고 돌아
내가 나를 뿌리칠 수 없었네
그대 내 곁으로 다가와 속삭였지 좋아한다고
외로워야 진실인 줄 아는 나는
망설이다 그 말을 믿었지
우린 봄바람 부는 강가를 사랑했고 달콤한 라떼와
시를 읽었지
외로움에 저린 사람들
풍성한 말로 고픈 시를 메우는 일이 오래가지
않을 거란 걸 미처 몰랐지
그러나 언제나 미련한 미련을 주머니에 넣고
다닐 수는 없는 일
바람이 돌담의 구멍을 빠져나가야 무너지지 않듯
우리 사이의 돌구멍 사이로 빠져나가야 할 것은
빠져나가고
걸려야 할 것은 걸려야 했었어
우린 너무 완벽한 담을 원했었지

동백꽃 빨간 꽃잎이 바래기도 전에 우리 사랑은
교수대에 매달리는 거야
하지만 미련은 정을 부름을 몰랐어
정은 사랑도 넘어섬을 뒤늦게 알았지
사랑은 그대로 사랑이야
오늘 모가지가 댕강 떨어져도 후회 않는

모과꽃 당신

당신을 향한 그리움을
어쩌지 못해 잎으로 피어났습니다
부끄럼 한 점 없이 가지가지마다 아픈 속내에
사월 햇살을 들였습니다
당신은 그 조그만 잎과 그 작은 꽃을
무던히도 사랑했지요
나는 압니다 등 뒤로 손 내밀어 내 손 잡아주던
그때 그 떨림을, 이 사월에 쪼그만 모과꽃이
다시 당신으로 다가옵니다
참새 배퉁이처럼 통통한 분홍 꽃망울
터질 듯 터질 듯 어느 날 갑자기 터져버린
당신의 마음이었지요
나는 오늘도 작고 아름다운 분홍빛 기적,
당신을 종일 드려다 봅니다
수없이 많은 꽃잎 지는 날 무너지는 제 마음일랑
당신 아닌 하늘로 날려 보내겠습니다

당신의 마음이 너무 아플 것 같아서입니다
그 모과꽃잎 하나하나 가슴에 새겨 놓겠습니다

수형(樹形)

"나무는 수형이다." 지인이 한 말을 마음에
꼬옥 새겨 두었었다.
이 나무의 모양을 어떻게 잡아줄까 생각하는
시간이 행복하다.
오늘은 대추나무를 전정했다.
나름대로 눈에 보기 좋고
공기유통 공간점유 등을 고려해 가며
가지를 잘라준다
내 눈에 보기 좋게 하기 위해 나무의 허락도 없이
몸 일부를 잘라내는 만행을 저지른다
나무에게는 죄송하고 미안하다
마음으로 용서를 빌고 자른 후 물러서 바라보면
새로운 이미지로 다가온다
수형을 잡아주면 나무는 새롭게 태어나
새로운 방향으로 모양을 잡아 나갈 것이다
사람도 수형을 잡아
새롭게 태어날 수 없는 것일까

오월 하얀 꽃

푸르고 푸르러 시퍼렇게 물드는 오월

아침 안개 골짜기마다 꽃처럼 피어나고

상큼한 공기로 세상에 찌든 허파를 씻고

영혼을 씻는다

길가에 노오란 꽃 애기똥풀 하얀 민들레 노란

민들레 이름 모를 들꽃들

모두 환한 얼굴로 나비처럼 춤을 춘다

이슬 방울처럼 싱싱하다

아 어디서 오는 걸까, 이 천길 물속 같은 향기는

바로 너, 하얀 꽃 찔레꽃 코를 찌르고

심장을 찌르고 숨을 막는다

시 한 줄 외다가 시를 잊고

나를 생각하다 나를

잊어버렸다

어디선가 들려오는

뻐꾸기 울음소리 외로워라

오월은 가고

연둣빛 오월은 가고 유월 초록빛이 왔다
그리 화려하기만 했던 장미도 하나둘 떨어져 가고
샛노란 금계국이 따스한 품을 벌린다
계절은 어김없는 시계
마음은 선뜻 계절을 따라가지 못한다
밤이면 무논에 개구리 합창 소리 요란한데
아침저녁으로 뻐꾸기 소리 외롭기만 하다
검은등뻐꾸기 경쾌하게 울면
멧비둘기는 피를 토하고
소쩍새 구슬픈 소리에 여름은 한층 깊어갈 것이다
이른 아침 구르는 이슬을 보며
안개 깔린 길을 걸으며
세월의 시를 읊는다
기다린다고 그리운 사람 오지 않고
가고 싶다고 함께 갈 사람 있을까
이제 혼자가 편하다
어차피 우리는 혼자가 되지 않는가

대구 매운탕

생은 그때그때 멋지게 살아야 한다
대구 한 마리에 대하 스무마리라
먼저 도톰하게 무 썰어 넣고 한숨 끓이고 나서
마늘 생강 대파에 고추가루 조금
참기름 몇 방울 떨군다
대구는 너무 크지 않게 잘라 넣고
팔팔 끓여준 다음
쑥갓 미나리 한 줌 얹어
한참을 그대로 놔 둔다
향이 배는 국물이 은근 울어나게
생선 고기는 너무 오래 끓이지 않는다 된장국처럼
뜨끈한 대구 매운탕 국물에 큰 컵에 따른 시원
소주 한 잔
목이 시원~하다 술술 넘어간다
이 넘어가는 순간의 멋이여
생은 그때그때 멋지게 사는 거
죽음은 그 멋진 때가 끝나는 거
그러므로 사는 이때가 소중하고 아름다워야 한다
불행히도 이때를 모르고 지나치는 아, 우리네 인생

첫사랑

삼십 년인가 지나 어느 날
대형 마트에서 카트기를 몰고 가다가
내 눈에 들어온 어디선가
내 가슴 까맣게 타버렸던 이름
명찰에 꽂힌 이름 석 자, 아직도 전율이었다
그녀는 이미 날 알아보는 미소를 지었건만,
난 끝내 삼십 년 전 그때처럼 한마디 말도 못 하고
지나쳤다
그 시절 온종일 생각은 단 하나,
어떻게 나를 말할 수 있을까
생각은 바다여도 막상 마주치면 발걸음은 도랑물
흐르듯 지나쳤다
수없는 자책과 후회, 온전한 바보가 따로 없었다
검디 검었던 머리칼이 희끗희끗 되었건만
어찌 마음은 변치 않으니
사랑 중에 가장 빛나는 건
첫사랑

팔십에 나무 심기

그렇습니다. 너무 늦은 때란 없습니다
살아 있으면 나날이 새날이니까요
오늘도 마음 설레는 새날입니다
나무 한 그루 심기 때문입니다
나무는 땅에 심으나 실은 제 마음에 심습니다
나무가 거칠어진 마음을
촉촉이 닦아주기 때문입니다
먼 훗날 가슴 뿌듯한 의젓한 나무의 모습을 그리며
제가 이 세상 사람이 아니라 보지 못해도
괜찮습니다
제 아들 손주들이 보고 또 그 친구들이며 모르는
누구도 보고 행복해할 것이기 때문입니다
팔십 아니라 구십에,
아니 세상 떠나는 날까지 나무를 심겠습니다
나무는 희망이고 삶입니다

지공거사

하루 종일 지하철 타도 공짜인 지공거사 나가신다
육십 오세 이상 신분증과
오백 원 동전 한 닢이면 인증 끝
춘천 가서 닭갈비를 먹거나
온양 가서 온천물에 담그거나
안산 대부도에 가서 동춘서커스를 보거나
인천 강화도에서 꽃게탕을 맛보거나
성남 모란시장에 가 오일장을 보거나
소요산 자재암에 올라 신선약수 한 사발 마시거나
노원 당고개에 우거진 숲을 산책하거나
양평 용문사에 은행나무를 보고
자연에 대한 경외심을 느껴보거나
수원 화성에 올라 정조의 효심에 경배하거나
파주 통일전망대에서 민족분단의 현실에
아파하거나
손주 데리고 용인 에버랜드에서 하루 종일
함께 놀거나

아무 데고 마음 가는 대로 발 가는 대로
누가 뭐랄까
지하철 적자가 어마어마하다는데
공짜로 타기가 미안하지만
그래도 나라에서 노인들에게
이만한 예우를 해주시니 감사할 뿐
세상에 이보다 좋은 나라 어디 있으랴

몰래 보는 영화

조팝꽃 향기를 먹었다

달다

잉어가 뛰는 물방울 맛을 보았다

짜릿하다

새색시 발걸음처럼 돋아나는 뽕잎

새순 따다 나물 무쳐 주신 울 엄니

단풍나무 새 이파리 속에 빨간 꽃

사시나무 그것처럼 늘어진 수꽃

벌 나비 오지 않아도 꽃이다

잔잔한 강에 오리가 숨바꼭질한다

나 어릴 때 둠벙에서 그렇게 놀았다

여기저기 애기똥풀이 "나 똥 안 쌌어요!" 외친다

금낭화 기다란 활대에 복주머니 주렁주렁

가득 채워 갖다 드릴 어무이 계셨으면

세상 눈부시게 밝혀 놓은 벚꽃

이제 꽃비로 진다

그 아래 홀로 서서

내 속의 소리를 듣는다
봄은 나 혼자 몰래 보는 영화
연둣빛 이파리에 새 힘이 솟는다
문득, 휘익휘익 새소리 실은 바람
옆구리 한 편 뻥 뚫린다

하루

하루는 노인처럼 간다

일주일은 젊은이처럼 가고

한 달은 자전거 타고 간다

일 년은 고속도로로 달린다

십 년은 비행기 타고 간다

십 년이 많이도 지나갔다

나는 어디까지 왔을까

눈에 띄는 사람들은 모두 다

나보다 먼저 도착한 것 같다

이 또한 치명적인 착각이리라

문득 아침에 거울을 보면 어제의 내가 아니다

어떤 때는 목덜미가 거북 등 같고

또 어떤 때는 머리칼이 하얀 서릿발이다

나는 검은색 서리 들판은 원치 않는다

본질을 불가능한 희망으로

염색하고 싶지 않기 때문

이제 다시 돌아보니 하루는 흰 구름처럼 달려간다

나는 그 구름을 타고 있다
구름 탄 나는 행복하다
하루해는 너무 눈부시고 너무 빨리 떨어진다

오늘

해와 달
구름과 바람 사이
나무와 꽃을 벗하며
상쾌한 아침과 서늘한 저녁을 위하여
나는 오늘의 나무를 심는다

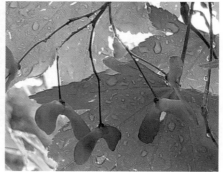

비에 대한 예의

산이 안갯속에 묻히는 날
비로소 산이 드러나듯
내 마음 비에 물드는 날
내 속의 내가 드러난다
사람은,
사람이 그리워서 사람이다
홀로 있음이 버텨지는 것은
그리운 사람을 생각하기 때문
투둑투둑 빗방울 떨어지는 소리
두둥두둥 외로움이 떠는 소리
싸리비 같은 비로 쓱쓱 쓸어낸다
외로움 뒤에 파고드는 허전함
비의 신이 술병을 차고 내려온다
홀로 한 잔 두 잔 그 너머
토닥토닥 달래지는 하루
하루의 삶을 다시 해석한다
비에 대한 예의이다
어둠이 하루를 소리 없이 걷어내는 순간

숲해설

작은 새 우는 오솔길 함박꽃 수줍어 반긴다
아이들 메뚜기처럼 통통 튀고,
엄마는 이내 향기 먹은 소녀
아빠 이마에 내 천(川) 자 펄펄 살아있다
하늘이 안 보이는 참나무숲에 들었다
연둣빛 이파리가 초록을 향해 달려 세상에서
가장 편안한 그늘이
어디선가 부는 바람
이들 가슴에 숭숭숭 구멍을 내버렸다

숲 해설가 따라 나무에 얼굴 묻고
가슴으로 안아본다
나무가 말을 걸어온다, 모두 진한 초록물이 들었다
웃음꽃으로 조릿대 배 만들어 모래알 보이는
물에 띄웠다
어느새 아빠 이마는 드넓은 바다
어젯밤 다툰 엄마 아빠 두 손 꼬옥 잡았다

이제 소리가 들린다, 물소리 새소리 바람소리
막대기 같던 어깨는 부드러운 능선이 되고
귀가 열리고 눈이 보이고 입이 터졌다
피가 돈다, 사람으로 돌아왔다
아이들 조잘대는 얘기가 함박꽃으로 피어나고
가족 등 뒤에 숲 햇살이
눈송이처럼 뿌려지고 있었다

2부
~
여름

Y의 발달

앞뜰에 소나무와 장독대 옆 단풍나무와 함께
나는 산다
툇마루에 앉아 감나무 사이로
동네를 훤히 내다보며
때죽나무 하얀꽃 너머로
흐르는 구름을 바라보곤 한다
산 밑에 오두막 같은 내 집
오며 가며 해보다 뜨거운 장미가 내뿜는
붉은 향기에 숨 막힌다
그러면서 내 눈길은 저 나무는
어디를 어떻게 잘라줄까
이리 보고 저리 보고 그에 대한 생각이 다 그것뿐
언제든 나무 모양이 마음에 들지 않으면
잘라버릴 권력의 가위를 품고 말이다
그런데 그게 아니라는 사실
단풍나무는 처음에 햇볕 받는 쪽을 먼저 키우더니
나중에는 부실한 쪽으로 계속 빨간 어린잎을 내어
키우는 것이었다

그는 어디가 남고 부족하여 어떻게 채울 건지
이미 다 알고 있던 것
처음 하나의 줄기에서 둘로 갈라지고 다시 그 둘이
각각 둘로 갈라지고 또 다시 둘로 갈라져 제 몸의
균형을 만들어 왔다
말하자면 Y의 발달이랄까
그는 나 같은 인간이 참견하지 않아도 스스로
알아서 모양을 갖춰가고 있는데 나만 몰랐다
나무에게 너무 미안하고 죄송한 인간
나 자신 한 없이 낮아져야 한다

붓꽃

사랑한다는
말을 못해
붓으로 써 보다
안 되어
꽃이 되었다

가는장구채

하얀 별에 하얀 나비 한 마리
팔랑팔랑 날아와 똑똑 마음을 두드리네
첫날밤 떨리는 새색시 안아주듯
하얀 입맞춤, 검푸른 황홀
짙푸른 초록 바다 품에 안겨
세상의 파도를 잊고 삶을 잊어버리네
천 년의 고요를 타고 오는 가는장구채의 장단이여
실낱같은 운율 따라 더운 피가 춤을 추면
하늘 아래 겸손한 생명이 열린다

개망초

여름날 흔하디흔한 꽃

누가 망국초라 깎아내렸나

가는 몸매 하늘을 높이고

사슴처럼 모가지 길어 그립다

무심코 보아도 자세히 봐도 앙증스럽기만

어깨동무하며 뛰노는 동네 아이들에게

계란프라이 같은 저 꽃을 푸짐한 간식으로

그러면 엄마 아빠도 함께 입맛 나겠다

처녀 총각들 화관 만들어 신랑 각시 놀이 신나고

윙윙대는 벌 나비 잡으려 아이들 웃음꽃 핀다

하얗게 재미난 놀이터 이런 꽃밭

물 건너 산 넘어 이 땅에 들어

뿌리내리면 네 것 내 것 따로 있을까

두루두루 모여 있음이 따뜻하고 그래서 빛난다

이제 그대는 이 땅 아름답게 수놓는 화백

하얀 꽃 눈송이 날리는 댄스가 물결친다

꿀풀

꿀방 하나 그리움 하나
층층이 쌓아 보랏빛 입술
촉촉이 젖어들어
어쩌다 생각에 찾아드는 그대
기다리다 사슴 모가지 되네
꿀방 가득 눈물 가득
방울방울 떨어지는 내 사랑아
봄비야 다시 촉촉이 내려다오
세상에 그리움도 말라 버린단다

능소화

무슨 죄를 저질렀기에
모가지가 댕강 떨어질까
폭염을 조롱한 죄인가
태양의 지존에 맞선 괘씸죄인가
염천에 주황빛 나팔을 겁도 없이 불어대면서
양반들의 귀한 대접이 넘쳤을지도
과하면 모자람만 못하듯
차는 달이 기우는 법을 배워야 한다
길어야 열흘 천하, 그 다음을 알아차려야 한다
나 또한 능소화 같은 군상 속에 있다

루드베키아의 추억

꽃으로 도장을 찍는다

안개 자욱이 부슬비는 젖어오고 구불구불한 길

까닭 모를 눈물로 씻어 쫙쫙 펴서 달린다

이 안갯속을 넘어 넘어 어디로 가야 하나

길가에 노오란 얼굴 쭈욱 내민 너

속절없이 떠나간 그대 모습일까

다시 올 수 없는 마음

다시 붙잡을 수 없는 마음

모두 모아 너의 노란 색깔로

내 가슴 깊숙한 계곡에 심는다

부슬비 맞으며 더욱 빛나는 너

따뜻한 그대 품으로 다가와

꽃으로 마음에 불도장을 찍는다

백일홍

호랑나비 한 마리 팔랑팔랑 색을 탐한다
빨강 분홍 노랑 주황 그리고 하양
녹색제국 천지에서 당당히 수천 가지로 변주한다
여름날 외로운 여인의 화려한 외출
양귀비인가 비비안 리인가
순간 분홍의 몸짓에 끌려 버선발로 사뿐히
오, 그대 분홍 입술은 얼마나 부드럽고 뜨거운가
색깔 속에 뜨거움이 있을 줄이야
색은 다시 삼단 같은 유혹을 뿜어내고
눈 돌려 저편 주황이 예뻐 보여
바람처럼 달려갔다
곁을 주는가 싶더니 거절이다
이번엔 빨강까지 어라?
거절이 반복되면 자존심은 사랑을 밟고 올라선다
미처 생각 못한 수치와 모욕
내 다시 너한테 가지 않으리
때때로 그녀가 그리워도 그는 한 번 놓은 손

다시 잡지 않는다

어느새 호랑나비 팔랑팔랑

간드러지는 바람 타고 색을 탐한다

새로이 살가운 눈짓하는 분홍 빨강 노랑이며

주황 하양까지

이제 허리에 끌리거나 가슴에 끌리거나

눈빛에 젖거나

다를 게 없는 욕망의 함정

언제나 진실한 마음 하양이 편하게 다가오니

그대 깊은 품에 파묻히고 싶은 한갓 외로움일 뿐

그 안에 머무는 순간

저를 잊고 세상을 잊는 순간은 영원을 모른다

한줄기 소나기 내린 뒤 매미 소리 쩌르르하다

나팔꽃

새벽에 일찍 일어난다
잠도 없이 부지런하다
아침이슬 먹고 눈부신 햇살 받아 일어선다

가늘고 질긴 털투성이 팔을 거침없이 뻗어 휘감는다
누구 눈치 보지 않고 혼자 힘으로 올라간다
올라가다 그리운 사람에게 알릴 소식 있으면
나팔을 분다
연하거나 진한 파랑가운 걸치고
심장 닮은 이파리를 뽐내며
은근히 아니 힘차게 나팔을 분다
나 여기서 기다린다고

푸른 자줏빛 나팔 속에 안개 서린
신비한 기운이 돈다
나팔꽃잎에 그어 놓은 열 줄 길 따라
조심조심 들어간다

향긋한 암술과 에워싼 수술들이
은밀히 반겨주는 곳
무슨 얘기인지 아무도 모르게
비밀한 사랑이 피어난다

사랑은 오래가지 않는다고
일찍 피었다 빨리 사라지는 사랑
해가 중천에 뜨면 미련 없이 고개 숙인다

사랑에 미련을 두면 언제나 미련한 짓임을
한 번 가버린 사람은 다시 오지 않는다
진즉에 그 비밀을 깨우친 너는
불 수 있을 때 나팔을 사방팔방 힘차게 불어대고는
조용히 고개를 숙이는 것이다
지는 사랑이 피는 사랑 못지않게
아름다운 줄 알 듯

개구리 울음소리

느지막하니 깔리는 유월의 밤
무논에 개구리 울음소리 힘차다
그는 왜 이리 왕왕대며 시끄러울까
성욕이 넘쳐나는가
끊어질 듯하면서도 이어지고
이어질 듯하면서도 멈추는
완급까지 조절하는 프로
별들이 내려오는 어느 순간
개구리 울음소리 조용하다
그는 쉴 때를 알고 나아갈 때를 안다
그는 욕심 많은 인간이 아니다
그는 치열하게 경쟁하다 단칼에 협력하기도 한다
개구리처럼 울어대다가 개구리처럼 조용해지고
개구리처럼 질투하고 사랑했으면 좋겠다
이제 새벽에 서는 일도 개구리만치 어림없다

대왕암 가는 길

바람은 파도를 몰고
파도는 바위를 갈아
물길을 내
용왕님 드나드는 굴을 만들었다
수억만 년이 빚은 예술
목화송이 솜털 타는 주단을
수없이 마음에 깔았다

달래강

속리산 솔 향기 머금은 단물
흘러 흘러 탄금대에서 남한강을 낳는다
그 옛날
고구마넝쿨 잘라 강 건너 밭에 심고 오던 오누이
갑자기 쏟아지는 소나기를 고스란히 받았지
흠뻑 젖은 누이의 베옷을 밀치고
솟아오른 봉긋한 꽃봉오리
불현듯 단숨에 따 먹고 싶은 사과가 되었네
타오르는 불길을 어쩌지 못하는 동생
가슴이 터지네 아무 것도 보이지 않네
그것이 무엇을 말하는가
누이를 범하는 일
악의 씨앗인 줄 알면서도 타오르는 불꽃
그 꽃이 죄스러워 그만 거시기를
돌로 찧고 말았어라
먼저 집에 가라 해 놓고
안 오는 동생 찾아 온 누이

아이고, 동생아 그렇다고 고거시 무신 죄가 있다고
돌로 찧어버리면 어떡혀 죽으면 다 소용 없는 거
차라리 달래나 보지, 달래나 보지

상사화

삼단 같은 푸른 머리칼을 휘날리며 싱싱한
외로움이 눈부실 때
곁 한 번 주기를 얼마나 애태웠던가
난초 같은 이파리에 구르는 소녀의 순정을
푸른 하늘에 바치다 지쳐
지상에 아무런 흔적을 남기지 않고 사라졌었다
찔레꽃에 저린 가슴이 기억에서 지워져갔고
"나는 아직 너를 잊지 않았다."고
어느 날 늘씬한 몸대를 쑤욱 밀어올렸다
그런 어느 순간 가느다란 허리가 부러질세라
활짝 고개 들어 핑크빛 연정을 발사한다
연분홍 나팔을 사방팔방으로 불어대면서
자기는 누구도 아프게 한 적이 없고
따라서 아무 일도 없었다는 듯
그 수줍어 화사한 얼굴을 내밀고 있는 것이다

댕강나무

너, 마른 너를 부러뜨리면
왜 댕강 소리가 날까
네 작은 가슴 속에
말 못하는 붉디붉은 사랑
그리 진하디진한 향기로
깊숙이 감추었던 속내를
너무도 몰랐던 나
나를 댕강 부러뜨리고 말겠다

봉화 장날

아침잠이 덜 깬 애호박 몇 개에다
흙가루도 따뜻한 고구마 무더기,
고춧잎, 호박잎, 미나리, 산나물 늘어놓고

찐 옥수수 봉지에 김 방울이 난리 굿하면
둥근 찜통 속에선 찐빵이, 하얀 반달로 익는다
노르스름한 꽈배기가 트위스트를 추어대고
연탄불로 지져대는 배추부침개,
젓가락이 절로 간다
한 모에 천 원, 들여가세요~오
두툼한 두부모 같은 뜨끈뜨끈한 마음들…

창호지 문에 바람 막게 비니루 있어요?
얼마나 필요한디요? 3미터요.
일치감치 하얀 서리 내린 아저씨,
나무자로 3번 찍고 30센티 더 내려가 자른다
다 해서 2,400원인디 400원까지 다 받으면

서운타 할 끼고 2,000원만 주이소
내 아버지 같은 분, 사람 냄새가 난다

집에 가지고 와서 문에 대고 박아 보니
30센티 더 주지 안 했으면 모자랄 뻔했다

산막이옛길의 명상

유람선 파도가 강을 쓸어가듯
섧고 외로운 마음들
괴산호 깊은 물로 다독이고
다래골 얼음골 골바람으로 속내를 씻어낸다
홀로를 친구 하는 일이 그리 만만한가
새들도 외로워서 울어대고 꽃도 외로워서
활짝 핀다
산막이 오솔길 산 그림자도 외로워
저녁노을 데리고 온다
가까운 것이 친구다
다람쥐 한 마리 앉은뱅이 약수터에 새처럼 다가와
목을 축인다
바위취 꽃밭에서 토끼가 튀어나오고 개망초밭에
계란프라이가 푸짐하다
오가는 이 어깨너머 피는 웃음꽃
장미며 찔레꽃 향기가 난다
괴산호 벼랑 솔가지 사이사이로

강물 바라보는 마음들
솔 향기 가득 밴 산 그림자에 아늑히 묻혀간다

나의 격차

서열 차이가 오륙 년이나 난다고
은행에서 오륙 년이면
나보다 대여섯 살 아래인 자기가 대리일 때
나는 아직 행원이라는 것
사다리 위아래 나무 같은 격차는 평생을 따라다닌
소 코뚜레였다
나는 너를 좁히려고 얼마나 나를 채근 닦달
가혹했든가
몸이 거덜 나고 마음이 걸레가 되었을 때
병은 벌써 알고 왔었다
둥지를 못 찾는 삶은 뜬구름처럼 산으로 나무로
꽃으로 흘러내렸다
그러다 산기슭 외진 곳에 눈에 잘 띄지 않는
작은 별꽃을 보았다
이 친구는 사다리 코뚜레가 다 뭐냐고
그게 뭐 목숨보다 중하냐고
나를 이상한 나라에서 온 이방인처럼 쳐다보았다

나는 그가 좋았다, 그도 나를 좋아했다
우린 많은 얘기를 나누었고 친구가 되었다
그와 나 사이에는
사다리 같은 격차가 없다 그러는 사이
나는 내게 씌워진 코뚜레를 잊어버렸다
찬찬히 돌아보니 세상은 내 친구 같은 별꽃이
수없이 많았다

소쩍새 우는 밤

밤하늘에 반달이 외로워 별을 찾는다든가
가까이서 울어대는 개구리 합창이
시끄럽지 않다든가

멀리서 들려오는 소쩍새 울음소리에
가슴 한구석이 뚫린다든가
한 잔 술로 허전함을 친구 한다든가
하루 땀 흘리는 노동
노곤함과 뿌듯함을 알아가고 있다든가

돌아서면 돋아나는 풀을
보는 대로 자연스레 뽑는다든가
모기, 파리 날아드는 것이 신경이 안 쓰인다든가

포도송이 같은 방울토마토가 어디까지 올라갈지
궁금하다든가
땅을 덮어가는 고구마 넝쿨에 절을 하고 싶다든가
커가는 나무를 볼 때마다

어떻게 키워갈까 생각이 깊어진다든가
아침이슬 먹은 나무냄새 흙냄새가 향기롭다든가

하지만 무엇보다도 살갗에 스치는 아침 햇살
상큼한 공기가 하루를 연다는 것
차츰차츰 몸이 알아듣고 느끼게 된다는 것
솥 쩍, 솥 쩍, 솥쩍다, 솥쩍다, 솥쩍, 솥쩍, 솟, 소옷

소쩍새 우는 소리를 알아들어
소쩍새 우는 밤이 더없이 좋아진다는 것

이런 것들이 쌓이고 쌓여
오늘 하루가 이러하면 됐다 싶은 날
소쩍새 우는 소리에 순간 가슴이 환이 밝아오는 밤

시골의 하루해가 저수지 너머로 떨어지고
서쪽 하늘에 붉은 기운이
어스름 안개를 몰고 오는 것이었다

어둠의 맛

어둠이 짙어 오면 툇마루에 나가
감나무 사이로 보이는 동네를 바라보곤 한다
어둠은 느끼는 맛이 있다
깜깜한 하늘에 휘황한 달빛이 내리고
낮에 태양은 별 의식하지 못하지만
밤의 달은 보는 사람의 마음이 그대로 드러난다
달빛만큼 따스하고 슬픈 빛이 있을까
달은 구름으로 가렸던 얼굴을 보여주다
숨다 웃다 울다 숨바꼭질한다
달빛에 홀려 어둠에 맛 들려
먼먼 무심한 생각에 젖어들곤 한다

참나리

얼굴에 깨알 같은 점이 있던 그 아이
언제나 땅만 보고 다녔지
깨곰보라 놀려대면 쥐구멍 찾아 도망치고
그러면 쫓아가서 길을 막아 또 놀려댔지
그 아이 어느새 훌쩍 커버려
이제 늘씬 날씬 참나리로 다가오네
무스 바른 머리칼을 올백으로 새의 깃을 날리고
당당히 터지는 가슴을 보란 듯
부끄러워 숙이는 고개가 아니라
누구라도 부담스러워할까 봐 숙인다네
주황색 살빛에 빛나는 까만 자신감
찬찬히 보니 깨곰보 아닌
보석이어라
참나리 같은 그대
언제 다시 만나면
한 무릎 꿇어
데이트 신청하겠네

왜가리 생각

왜가리 한 마리 찬물에 발 담그고 서서
가녀린 목 빼 이따금 먼 산 바라본다
그도 나처럼 친구가 없어서일까
새벽부터 강가를 날았을 터
물속 먹이 잡아챌 생각이 없는 듯
언제쯤 아침 식사를 마련할 건가
떼 지어 즐거이 노래 부르는 물오리도
서방님 졸졸 쫓아다니는 청둥오리도 부럽지 않나
갈바람에 눈부신 억새의 백발도
화려한 옷 벗어 뿌리는 벚나무 단풍도
한낱 저 언덕 너머 이야기
잔잔히 아름다워 미쳐버리는 강물의 명상과
찬란한 햇살의 열반도
그에겐 도무지 상관없는 일
언제나 혼자 서 있는 그는
나처럼 홀로 있음을 무던히 사랑하나 보다
외로움은 사랑의 이유, 존재의 텃밭

누구 홀로 서 있지 않은 사람 있겠는가
다만, 기댈 사람이 그리울 뿐
가슴속에 숨겨둔 말은 들어줄 사람이 있어야 한다
저무는 가을 강가
왜가리와 내가 닮은꼴로 서 있다

사과

가시가 사납기로 찔레꽃만 한 가시가 없다
그 찔레꽃 못지않은 가시가 장미 가시다
장미보다 더 무서운 가시는 아까시 가시다
가시가 커 무섭고 찔리면 예외 없이 피를 요구한다
사람을 두렵게 하는 가시는 무엇인가
마음을 찌르는 가시다
한번 찔리면 기어이 피를 흘리고 마는 이놈은
사람 입에서 나온다
이놈은 무엇으로도 없앨 수 없다
그러나 상처를 치유하는 단 하나의 방법은 있다
온 마음을 다하여 진심으로 사과(謝過)하는 것
이는 한순간에 놈을 흔적도 없이 녹여버린다

어머니의 허리

"허리가 다락다락 에린다 에려."
한 많은 청상 시절 동네에서 소문난
가는 허리 하나로 행상 보따리를 머리에 이고
고개 고개 넘어 네 자식 먹여 살리신 어머니
아들이 당신 곁에 있으면 토해 내시던
신음 같은 말
"아이구, 허리가 다락다락 에린다 에려."
내 그토록 듣기 싫어했던 그 말
요즘은 내가 나에게 곧잘 한다
"아이구, 허리야, 허리가 다락다락 에린다 에려."
어머니, 이 불효막심한 놈을 용서 마옵소서

어무이들이시여

그려 기동안 아모 탈 없이 잘 있었습동?

내 사마 머신 탈 있겄나

세끼 밥 잘 묵고 있다 아이가

누님, 아즉도 둔지 앞산 달봉이에

커다란 달이 뜨나요

아즉도 여든 고개 너머 뙤약볕 꼬추 따고

비탈밭 풀 캐시나요

저번 영양 가는 고갯길에

누님 같은 씩씩한 어무이 봤시유

말복 날 장작불로 찰 강냉이 삶아 팔드래유

손님들이 가스 불로 찐 건 싫어한대유

그 찌글찌글한 얼골에 칠십 흴 넘기셨다는디

글씨 암 수술을 열 번도 더 했대지 뭐유

또, 누님 같은 울 어무이 생각난다

아 청상 허리 부러질라

울 엄니 고개 힘이 어찌 그리 셌을까

멸치 구리무 판 곡석 서너 말 머리에 이고

이골 저골 한여름 비 오듯 등줄기 땀 흘러 흘러

무릎까지 빠지는 눈길 엎어지고 자빠지고

온 몸뚱이로 부딪쳤어라

오직 자석 새끼 멕여 살리겠다는 한 가지 정신뿐

이 땅의 어무이 어무이들이시여

엄니, 어젯밤 제사에 오셔서 뭘 좀 드셨나요

자지러지던 허리는 좀 어떠시구요

바늘 콕콕 쑤셔대던 무릎팍은 또 어떻구요

어머니, 이제는 편히 주무세요

세월은 세상을 타고 너무 많이 왔어요

그 옛날 지가 끓여 준

소시지 김칫국을 맛나게 드시던

그 모습이 마냥 그립습니다

어무이여, 이 땅의 어무이들이시여

엉겅퀴

사랑에 찔린 피가 얼마나 흘러내렸을까
너의 가시로 나를 무너뜨린 그 피를 멎게 해다오
보랏빛 순정이 거친 바람에 차이면 무더위에
말라비틀어지는 이파리가 되는 줄을
찔레향이며 장미 향기에 넋을 뺏기고
낮술에 취한 애송이 시인아 술 깨고 나서보니
엉겅퀴도 찔레 장미 같은 가시가 있었네
모든 이쁜 것들이 함정이듯
저 멀리 뻐꾸기 소리 나를 두고 애달피 우나
아냐 구구구~ 멧비둘기는 피를 토하는 중인걸
착각의 자유는 상처투성이 사랑을 부르고
아문 사랑의 상처는 흔적으로 살아있다
아 바람결에 밤꽃 냄새 그님도 엉겅퀴 같을까

잡초

뽑고 나서 돌아보면
놈이 올라오네
돌아서 뽑고 나면
다른 놈이 올라오고
옆으로 돌아서면
또 다른 놈이 올라오네
또 뽑아버리고 뒤돌아보면
또 올라오는 놈 있네
고무망치로 저놈의 대가리를
개 패듯 패고 말리라
꽃이 없어 향기가 없어
달콤한 열매가 없어
숨길 것도 잃을 것도 없어
비울 것도 없어라
그저 삶이라는 희망 하나
끈질기게 붙잡고 늘어지고 늘어져
나도 내 마음 밭에 무한히 심는다
늘 싱싱한 희망이란 이름의 잡초를

이불 홑청

빨래를 해 바깥바람에 널었다
눈 시린 유월 햇빛으로 풀을 먹인다
그 옛날 어머니는
옥양목에 풀을 먹여 다듬이질을 해
이불 홑청을 씌우면
이불은 얼음처럼 시원하면서 고슬고슬했다
어머니 다듬이질 소리는 카랑카랑하고 낭랑했다
느리다가 빠르다가 다시 느려지는 리듬은
어머니 당신의 속내였다
왠지 외롭고 쓸쓸한 다듬이질 소리는
내 가슴을 먹먹하게 만들곤 했다
눈에 선하게 어머니를 불러오는 그 다듬이질 소리
다시 들을 수는 없겠지
간밤에 어머니가 꿈길을 타고 오셔
풀을 빡빡이 먹혀 다듬이질한 홑청으로
이불을 꿰매 주셨다
나는 새 이불을 덮고 엄마 젖꼭지를 만지며
아기처럼 잠들었다
이보다 더한 행복은 없었다

어둠의 적멸

해 떨어지고 어둠이 내리기 시작하면
낮에 조용하던 개구리가 떼 지어 운다
왜 이때서야 울어대는지
아직 저 산 능선이 살아있다
동네 외로운 외등이 하나둘씩 켜지면
어둠 속으로 사라지는 지붕들
그대가 내게 마음 줄 때만 사랑이었듯
어둠은 별이 나와야 어둠이다
산마루가 어둠 속으로 사라지고
별이 뜨면 가슴을 찌르는 소쩍새 울음소리
밤은 인제 시작이다
아! 별, 별이 나온다, 수없이 나온다
그대 환히 웃음 피던 별을 만나야지
저 어느 별 속에 그대 있어
나를 내려다보고 있겠지
별은 어제도 뜨고 오늘도 뜨고 내일 또 뜨리라
세월 가는 길은 한 치의 오차도 없다
도도히 흐르는 강물 속에 기쁘게 빠져 죽어라

유월의 자화상

모란은 넘쳐 피고 화려한 작약이 유월이다
푸른 잔디를 제압한 토끼풀로
유월의 오후가 싱싱하다
그 옛날 어머님이 담아주시던 고봉밥 같은 쌀꽃이
마당 지천으로 깔렸으니 배고픈 길손이여 다 오라

갑자기 개구리 한 마리가 폴짝폴짝 뛴다
향기로운 토끼풀 향기에 이끌려 나타났을까
난데없는 족제비 새끼가 뒤따라 쫓는다
개구리 목숨이 위태롭다
생은 갑자기 아무도 모르는 위험에 걸릴 수 있다

안갯속에 소백산 철쭉꽃 같은 사람
이별을 알 수 없는 만남은 슬프기만
간밤 꿈에 뭔가에 심히 쫓겨 무서웠다
옛날 그리 미워했던 직상 상사는 아직도 괴롭다
초등학교 하굣길 구멍가게에서 훔친 고무공

낌새챈 주인의 무서운 얼굴도 지워지지 않는다
몇십 리 시골길을
무거운 행상 보따리를 고개 하나로
새끼들 먹여 살리신 어머님, 눈물이 난다
어머니 생전에 상추 겉절이를 무척 좋아하셨는데

이 화려한 유월을 홀로 보내는 나
지난 혹독한 추위에 죽어버린 대나무가
산송장으로 내 죽어 서 있는 것 같다
손바닥만 한 텃밭 일에 허리가 끊어진다
누구든 살게 되면 살듯이
유월의 햇살은 모든 걸 비춰준다
상추 호박 가지가 풍성하고
매일 커 오르는 오이를 보라
토실토실한 살구가 익으면
누구와 나눠 먹을까를 생각하자
어느새 기다란 저녁 그림자 뜰에 드리운다

훗입맛

타는 목에 샘물 부어주신 약비
감사히 해 질 녘 그리운 무엇이 내려
옥수수 막걸리에 감자전
열여덟 엉덩이 미끈한 놈 몇 개
강판에 썰썰 갈아
갈다 남은 꼬투리는 채 썰어 넣고
밀가루나 두부 섞지 않으면
더 쫄깃쫄깃
조선간장에 양조간장 조금
파, 마늘, 고춧가루, 통깨에 풋고추
식초 한두 방울 떨궈 양념장 만들어
벌컥벌컥 막걸리 한 사발
단숨에 하루가 넘어가고
노릿노릿 감자전 한 점
양념장에 푹 찍어 한 입
부드러움으로 이틀이 넘어가네

옥수수 노오란 내음
술로 익어 살아 돌아오고
그 훗입맛
섹스 뒤의 미련 같은

3부
~
가을

유홍초

어느샌가 어디선가
귀뚜라미 소리 들리더니
상사화 마지막 피어나고
호박꽃은 다투어 피고
장미는 진지 오래인데
연꽃은 수없이 피고 지네
빨강인지 주황인지
작아서 더욱 크게 보이는
누가 지었나
유홍초라는 이름
아침 일찍 빨간 나팔을 분다
가을이 왔다고

감나무

올해는 감이 한 개도 안 열렸다
동네 다른 집의 감나무도 마찬가지
건너편 아즈매는 "해걸이 하나벼."라고 했고
옆집 형님은 봄이 너무 추워서 그렇다고 한다
어쨌거나 올해는 울 안 감나무에
빨간 감을 볼 수 없다
하지만 감잎은 유난히 무성하고 반짝인다
그 가지에 기대 내년에는 곶감을 만들 수 있을까
나무도 씨앗을 위한 열매 한 개도
만들 수 없을 때가 있다는 것
사람인들 나무와 다를까
하늘이 비 내리고 눈 내리면 오는 그대로 그대로
그래도 혹 섭섭하면
반짝이는 감잎을 바라볼 일이다

가을비

모처럼 비가 내렸다
끝 모르던 여름을 물리친 비에선
가을 냄새가 난다
도저히 팔릴 것 같지 않았던 집이 팔렸다고
신기해하는 친구 목소리처럼
조용한 빗소리도 신기해서 반갑다
대지를 잠재우는 비여
들 떠 있는 인간을 가라 앉혀 주기를
하늘이 지상에 비를 내려 주지 않았다면
우린 목숨이나 부지할 수 있었을까
흐르는 강물에 내 오염 씻어내고
비에 젖어 생기로운 풀잎에 입 맞추자
저물어 가는 하루에 고생했다고
이슬 같은 빗방울을 뿌려주자
문득 시골집 방안에 홀로 앉아
마당에 내리는 비를 하염없이 바라보던 외로움
그것이 그리워진다

가을 지나 억새

얼마나 속을 태웠기에
백발이 되었느냐

얼마나 마음을 비웠기에
온갖 바람에 절하느냐

얼마나 내려놓았으면
꺾일 것이 없느냐

지는 햇살에 백발은 은발이다

가을에 머물고 싶습니다

누런 들판이 가을입니다

맨드라미 채송화 빨간색은 이제 싫증 납니다

콩잎 볏잎 들깻잎 노란색에 정이 갑니다

노오란 국화가 너무 좋습니다

사람 마음이 참 간사합니다

아니 계절이 그렇게 만듭니다

아침은 더디 밝아오고 저녁은 금세 어둠입니다

아침 안갯속에 묻히고 싶습니다

선선함이 어느새 차가움입니다

빨간 대추가 가지마다 디리디리 달립니다

다디단 대추에 자꾸자꾸 손이 갑니다

뜰 감나무에 홍시 몇 개 열렸습니다

따다 드릴 길 없는 어무이가 그립습니다

가을 햇볕은 보살님 한량없는 보시입니다

배춧속은 꽉꽉 차오르고 무는 아이처럼

쑥쑥 올라옵니다

검은 머리 갈수록 희끗희끗

무릎은 시큰시큰합니다
깊숙이 고개 숙인 해바라기를
자꾸자꾸 바라봅니다
그윽한 존경심이 우러나옵니다
내, 나이 듦도 고개 숙인 해바라기가
될 수 있을까요
샛노란 국화 따뜻함이 좋습니다
이 가을 오래오래 머물고 싶습니다

낙엽

그대는 보았나요

떨어지는 이파리를

그대는 들었나요

갈잎 밟는 소리를

그대는 부둥켜안아 보았나요

차마 피붙이 떨궈낸 나무들을

찬바람 파도를 넘는 병사들

서슬 퍼런 사열이 아름다워

코끝 찡한 경례를 올립니다

켜켜이 갈색 숲은 어머니 품

여문 씨앗 하나 새벽이슬 맛봅니다

밤하늘의 별만 한 꿈이 꿈틀댑니다

갈색 익어 푸른 싹

제 몸 바쳐 다시 살아납니다

국화 화분

아침이 바위처럼 무겁다
진한 커피 한 잔으로 아침을 일으켜 세워
산으로 간다

번개처럼 눈에 들어온
언제인가 내 사람 같았던 노오란 국화꽃
얼른 모셔다 놓으니
나는 금세 방긋 웃는 어린애가 된다

노랑이 익고 익어 하얘 버린 국화 송이송이
꼼짝없이 나를 붙잡아 놓는데
멀어졌던 그대
어느새 따스한 숨결로 다가와 토닥인다

어느 날 문득 슬픔이 방문을 두드리듯
즐거움도 발걸음 하나 차이
어느 세월에야 비밀한 이유를 깨우칠까
국화꽃 향기마저 가냘프게 우는 순간

낮술

가을비 아침 뿌린다
낙엽 땅을 뿌린다
너와 나 안개가 가린다
이런 날은 낮술을 마셔야 한다
수학 아닌 산수를 하면서
낮술은 에미 에비도 몰라본다고
두세 잔 걸쳐 보시라
낮 아는 사람 낯이 없고
낮 모르는 사람 낯이 없다
가을비 대낮까지 적셔온다
낯 모르던 물건 벌떡 일어선다
그놈 낯을 가릴 줄 모르고
낮술이 낯술 되는 순간

배추벌레의 똥

가을 배추밭
배추꽃 피지 않아도
배추흰나비 팔랑팔랑 날아온다

아침 햇살 빛나는 인사 다니다
눈 비비고 찾아내는 노란 알
배춧잎 뒤에 꼭꼭 숨겨 낳는다

파란 하늘 궁금해 알 깨고 나온 애벌레
배춧잎 맛나게 아침 식사한다
배 터지게 먹고 줄줄이 싸는 검은 똥

입 닦고 배춧잎 깊은 골짜기에 숨어들어도
제가 싼 똥 자국 때문에 결국 들키고 말아

사람이 물불 안 가리고 먹어 싸는 똥
배추벌레의 똥 자국이 된다

끝물 호박

아침 이슬 흠씬물씬

산허리 물안개 강강수월래

여기저기 노랑 빨강 크레용 가게

누런 들판 누렁이 흘러가는 구름과 숨바꼭질한다

파란 하늘 하얀 도화지 앞에 선 초등학생

무엇을 그릴까 고민하다 어른이 되었지

속이 꽉꽉 찬 배추도 아니고

쑥쑥 올라오는 미끈한 무우도 되지 못했어

이제는, 언제나 가을 한가운데 서서

변함없이 반겨주는 길가 코스모스 되고 싶어

흰머리 날리며 고개 숙여 절하는 억새가 좋고

익어 고개 숙인 벼는 더 좋아

하지만 가을은 가을, 저 갈길 가지

밤 따는 장대를 구해야 해

감 따는 장대 바구니 만들고

끝물 호박은 쇠기 전에 따야지

갑자기 떠가는 구름 사이로 어머니 모습 비치네

어무이, 가을이 왔어요
어머니, 어디 계세요~ 어디요오~

낙엽의 마음

시간은 곰처럼 가고
날짜는 다람쥐처럼 지나간다
입동이 어제, 내일은 영하란다
초겨울 신병 신고식은 확실히 할 모양이다
아무리 뉴스 험하고 역병이 팬데믹 되어
나라가 흔들릴 것 같아도 날짜는 간다
그 푸르던 잎 어느새 누런 잎으로 돌아가지 않는가
자연의 섭리는 인간의 섭리
인간이 자연의 일부임을 인간만 모를 뿐이다
낙엽은 모든 걸 내려놓고
조용히 첫눈을 기다릴 것이다
세상을 어지럽히는 군상들의 욕심이여
파란 하늘 아래 넉넉한 낙엽의 마음을 배워라

그리움의 거리

아프지 않은 삶이 어디 있으랴
다만, 소리 내어 울지 않을 뿐
힘들 때는 파란 하늘
흘러가는 구름을 바라보자
따사한 가을 햇살
노랗게 익어가는 은행나무 가로수
그 길이 아름다운 것은
서로 일정한 간격을 두기 때문
너는 너의 가시가
나는 나의 가시가
불쑥불쑥 솟아남은
너와 나의 그리움의 거리가 없어서다
너와 나의 미움의 거리가 없어서다
그리움과 미움은 거리가 필요하다
가을 단풍처럼 사랑이 깊어질 때면
홀로 은행나무
가로수길을 걸어보자

솔방울

눈송이 같은 아그들
때꺼리도 없으면서 새끼만 주렁주렁했지

찢어지게 가난한 집안에
에미는 하루하루 끼니 마련하느라 고부라졌어

맥이지도 입히지도 갈키지도 못해
죽을 수도 없고 살 수도 없고
허리 끊어지고 다리 퉁퉁 붓도록 품 팔았다

그래도 한 끼 굶기지 않았음은 자랑스러운 일
남한테 쌀 꿔 달라 보리 꿔 달라
아순 소리 한 번 하지 않았음은 더욱 자랑스런 일

눈물 마른 자석들 못 멕여 죄지은 에미처럼
지구가 목말라 가슴 아픈 소나무
그 새끼들, 새까맣게 솔방울로 달고 있다

달빛

세상에 어둠이 내리고
무논에 개구리 울음소리
소쩍새 외로이 애타는 소리
떠나간 그 임 오시는가
하마 오시거들랑
밝은 달빛 밟고 오소서

문경새재를 찾아서

주흘관 마루를 휘도는 아침 햇살이 눈부시다
노오란 은행나무길 따라 금모래 은모래 흙길 따라
박달나무 방망이로 다듬이질한 옥양목을 펼쳤다

또드락 딱딱, 또드락 딱딱
그 옛날 봉창 너머 퍼지는 어머니의 다듬이질 소리
우리 아들 장원급제 비손으로 비손으로 녹아든다

의병장 신충원의 애국충심 어린 조곡관 성벽
문경새재 박달나무는 홍두깨방망이로 다 나간다고
큰 돌 작은 돌 모난 돌 둥근 돌 모두가 동량(棟梁)
한 짐 두 짐 피와 땀으로 역사를 새겼다

백두산 달려온 큰 산줄기 새재능선으로 파도치고
문경초점 발원한 낙동강물
용추로 모여 용 오른다
교귀정 소나무에 빠져 조곡폭포 소리에 빠져

바람결에 이는 문경 아리랑 어절씨구
어깨춤 절로 난다

문경의 꿀사과 오미자 막사발 맛으로
빛깔로 명품으로
오는 이 또 오고 가는 이 다시 오고픈
문경새재 삼십 리
이것이 바로 문희경서(文喜慶瑞)
기쁜 소식 듣는
경사스럽고 상서로운 조짐 아닐쏘냐

사패산 오솔길

새소리 바람 소리
구름 지나는 소리
새잎 나는 소리 헌 잎 지는 소리
꽃 피는 소리 꽃 지는 소리
이슬비 뿌리는 소리
풀벌레 우는 소리
소리 없는 소리
이 가슴 타는 소리
이 길은 나의 길 다가서기 편한 길
보기만 해도 기분이 좋아지고
말 없어도 말이 통하고
사랑하고 싶은 마음 샘솟는
사패산 오솔길

불나방

불나방의 눈엔

죽음은 안 보이고 불만 보여

죽고 나면 불인지 죽음인지 알 길이 없어

죽기 직전까지 황홀한 불빛에 행복했을 거야

그럼 된 거 아냐?

그러니 바보처럼 죽을 줄도 모르고

불빛에 달려든다고 멍청하다 말하지 말게

생은 오직 연장이 아니고 순간이야 순간

살아 있는 순간

그 순간까지 행복하면 행복이야

생은 죽음으로 완성 되는 것

죽은 후에는 아무것도 없다는 것

다만 네 생은 뒤에 남아 있는 사람들의

기억 속에만 남는다는 것

그러니 그 기억이 남아 있든 말든

네가 신경 쓸 일이 아니지

뒤란

작은 산 뒤에 큰 산
큰 산 뒤에 대간

작은 강 모여 큰 강
큰 강 흘러 바다

땅은 뒤로 가고
물은 앞으로 간다

그 땅 그 물 골골이
자연에서 온 사람들
사는 집이 자연을 닮는다

홑집보다 겹집이 편안하다
뒤란이 있어 마당이 살고
마당이 있어 뒤란이 그립다

뒤를 보는 일이 앞을 보는 일
자식 뒤에 아버지 어머니가 받혀주듯
뒤에서 받쳐주어야 앞으로 나아간다

마음의 뒤란에서 나오는
사는 힘

천년 손님

가을은 누런 콩잎으로 온다
가을은 파란 하늘 떠가는 흰 구름으로 온다
가을은 감나무 꼭대기에
홍시를 쪼는 까치소리로 온다

눈부신 황금 들녘 바라보는 농부 얼굴에
잠시 주름이 펴지고
어여차 도리깨질 쏟아지는 들깨 향기에
아낙 아픈 허리도 잊는다

따사한 가을 햇살 온몸으로 모셔와
배춧속은 꽉꽉 차오르고
사춘기 소녀의 허연 종아리처럼
쑥쑥 무가 올라온다
바다 같이 넓고 속 깊은 사람이 되라는
어머니 말씀
이제는 다시 들을 길 없어라

괴질 코로나19가
마스크로 덮어버린 일상일지라도
봄 가고 여름 지나 기어이 가을은 왔다
굳센 마음으로 추운 겨울 건너면
따뜻한 봄이 오리니

온 세상 노오랗게 빨갛게
풍성하게 물들어가는 나날
찬찬히 즐겁게
그리고 따뜻하게 버선발로 마중 가자
우리 모두에게 천년 손님으로 오는 가을을

시월을 내리는 밤

가는 비 추적추적
온다던 사람 아니 오고
홀로 빗소리 듣는다
비는 끊임없이 내리고
홀로 있지만 같이 있는 것
아니, 같이 있더라도 홀로 있는 것
빗소리 굵어진다
멀리서 들려오는 개 짖는 소리
고양이 암내 풍기며 누가 오나
누구 숫내는 가늘어지는 빗소리
잔을 길게 늘여 목을 축인다
금세 아침 이슬 먹는 국화꽃
밤은 깊이를 몰라 빗속을 헤매는데
시월이 커튼을 내리는 밤
홀로 보내는 밤이 길다

연풍새재

새나 넘나드는 고개를
게으른 발길 앞세워 콧바람을 쐬었다
아직도 가슴 한편에 남아있는 지난 가을의 감흥
계곡은 이미 하얗게 눈으로 색칠하고 있다

낙엽은 다 떨어지고 솔바람 윙윙대 스산하기만
마지막 잎새 같은 빨간 단풍잎 하나
반가이 맞아준다

새는 보이지 않고 새소리마저 들리지 않는
거친 바람소리 뺨을 때린다
묵묵한 나무 사이로 따스한 햇살이
간혹 구름 사이를
타고 비칠 때마다 행복이 눈송이처럼 내린다

나귀 타고 삼 년이나 입은 삼베옷 걸치고
새재를 넘던

옛 유생이 스스로를 그림 속의 시인이라 했다
난 아무 생각 없는 마음만 숲 속의 시인이다

벽시계의 전설

무당거미 한 마리 벽시계에 들어앉아

째깍째깍,

우리 집 하루를 다스리는 주문을 왼다

주문은 보이지 않는 거미줄을 타고

내 속으로 들어온다, 심장이 벌렁거린다

쳐다보기만 해도 여지없이 간섭하면서

아무렇지도 않게 내 목숨까지 센다

그의 숫자를 따라 세면 나의 노래는 묻히고 말 일

다시 그를 찬찬히 바라보면서 생각한다

그는 그 옛날 크렘린 궁의 절대자

짝짝이 칼로 틀리는 법 없이 모두를 재단한다

나는 파란 하늘을 사랑하다 지친 고추잠자리

그 주문을 타는 거미줄에 걸릴까 두려워

모두가 그의 걸음으로 가야 하는 거라고 믿었다

그것은 무당거미의 함정,

고추잠자리의 심장은 헐었다

그것이 몹시 위험한 일임은

심장약을 오랫동안 먹고 나서야 알아챘다
어느 날 놈을 과감히 벽시계에서 끌어내렸다
그러자 신기하게도 주문 소리는 사라지고
째깍째깍, 다시 시계 소리가 들렸다
나의 길 나의 걸음
무당거미와 나의 길은 애초부터 다른 것이었다

틀린 법

누런 박스 조각에 큰 글씨로 적어놓은 가격표

아옥   2000   상추   2000
민둘레   2000   깬입   2000

도봉산역 지하보도에 늘어놓은 채소 몇 무더기
할머니가 하루를 산다
직접 농사 지어 갖고 나온 거란다
할머니가 굳이 설명하지 않아도
틀린 글자에서 농사 냄새 난다

'아옥, 민둘레, 깬입'
틀린 철자법, 틀린 법
법, 법 하는 세상에 틀린 법으로
살아가는 사람이 있다

사랑은

꽃입니다
꽃 보는 마음입니다

바램이 아닙니다
따짐이 아닙니다

값을 깎음이 아닙니다
덤입니다

나만 생각함이 아닙니다
그대를 생각하는
끝없는 마음입니다

검버섯

늦가을 하늘에 하이얀 구름 날고
뜰 안 감나무에 크다란 감이 덩실덩실
따사한 햇살이 차가운 바람 타고 놀러와
빨간 감을 도자기처럼 빚어내고 있다

어릴 때 살던 시골 외갓집 동네
무성했던 뽕나무 보이지 않고
하얗게 바랜 기둥 부서지는 기왓장
낼모레 구십인 외삼촌이
토방 햇살로 땅콩을 고른다

귀는 들릴락 말락, 목구멍 가래는 그렁그렁
아들은 다 여웠냐 묻는 얼굴에 핀 검버섯
돌아가신 어머니 것도 내 것도 다 거기에 있다
외할아버지에게서 흐른 피, 어디로 가겠는가
벌써 아들 녀석도 검은 싹이 돋고 있다

텃밭에 배추, 대파 그득한데 김장 언제 하려나
아들딸 내려오기만 기다리시겠지
갑자기 감낭구에서 감 하나 툭 떨어진다
외삼촌이 떨어지는 것 같다
하직 인사하고 대문을 나오는 귓가에
모기만 한 소리 들린다
"나 죽으면 와아~."

4부
~
겨 울

겨울숲에 들어

눈 쌓인 오솔길을 오른다

누군가 먼저 간 사람이 있다

그 발자국 지워지지 않게 내 발자국 찍는다

외로움이 발자국 숫자를 센다

푸드덕 장끼 놀라 달아나는 소리

듣는 내가 더 놀란다

외로움 한 조각 꿩과 함께 날아간다

순간 고라니 한 쌍

산등성이 가로질러 껑충껑충 지나간다

출렁대는 궁둥이에 엷은 웃음 달렸다

쓰러져 누운 나무 길을 막는다

발아래 낙엽 바스락거린다

찔레 가시 따갑다, 칡넝쿨 발을 건다

잎 없는 나무 꽃비 같은 눈을 내린다

말 없던 나무가 말을 걸어온다

낙엽 밟는 소리가 음률을 탄다

눈 덮인 산마루가 포근한 엄마 품으로 다가온다

차갑기만 하던 바람마저 따스하다

아 나는 결코 혼자가 아니었구나

수옥폭포

괴산땅 연풍골에 가면
수없이 쏟아지는 하얀 물방울,
말 그대로 옥을 씻어내는 수옥(漱玉),
수옥폭포가 있다
엊그제 대한 지난 겨울바람이 봄바람 같은 날
차가운 상쾌함은 심장을 찌르고
지난한 겨울 강을 건너온 나무들
온몸을 싸고도는 바람에 벌써 빗장을 풀었다
새소리도 졸졸 흐르는 물소리에 잠기고
생강나무 꽃눈은
초등생 소녀 젖꼭지마냥 올라온다
아무리 미세먼지 자욱하고
코로나 괴질이 세상을 어지럽힌들
노오란 복수초 올라오지 않을쏘냐
바람결에 떠오르는 어느 선사(禪師)의 말씀
보고 듣고 오고 가는 이 자리
불멸(不滅)의 언어가 드러나 있다는

다만 중생은 그 불멸을 깨닫지 못할 뿐

수옥폭포가 불어주는 바람으로

목욕재계하고 바라본 하늘

구름 한 점 유유히 흘러간다

괴산 장날

외로운 마음들이 부나비처럼 모여들어 잔치하는
날, 그는 아무런 끈 없이 괴산 땅에 그것도 집성
촌에 겁도 없이 들어간 생홀아비다. 오늘은 장날
이 이끄는 마음대로 장터를 기웃거린다.

노릇노릇 익어가는 녹두전, 장마다 아쉽게 지나
치기만 했었다. 하지만 과감하게 값도 묻지 않고
이거 달라 했다. 한겨울에 풋마늘, 그 고추장 무
침에 침이 솟아 한 단을 과감히 샀다.

하얀 속살 드러낸 도라지가 눈에 들어온다. 국산
인지 아닌지 물을 필요 없이 "이거 주세요." 걸핏
하면 염증 생기는 목구멍에 좋다는 이유에서다.
생선전에 다른 사람이 사는 거 눈여겨보다 알이
꽉꽉 밴 동태 세 마리 오천 원, 한 번에 못 먹으면
냉동했다 먹으면 되겠지 또 과감히 달라 했다.

반찬가게는 눈길은 가나 설탕이 너무 들어갔을
거라 과감히 패스, 건어물전으로 고개 돌린다. 말

린 홍합을 사겠다 마음먹고 왔으나 중국산이겠지 하고 보고만 있었다. 건어물대 지키는 얼굴 새카만 이 자는 오일장마다 마르고 닳은 게 틀림없는 장돌뱅이꾼이렸다. 요즘은 원산지 속이면 바로 잡아간다며….

"이건 국산이다. 물건을 봐라. 된장국에 몇 개만 넣어도 기가 막힌다."

'하! 이럴 수가.' 순간 의심이 털렸다. 꾼에 그대로 넘어가 한 됫박을 사버렸다. 방금 사서 입에 물고 있던 호떡을 후회하며 가래떡을 사 먹을 걸 했더니 꾼은 이건 선물이요 구운 가래떡을 대꼬챙이로 끼워준다. 이게 웬 떡이냐? 귀신에 홀려 샀을 말린 홍합에 찜찜했던 마음 어디 가고 고맙기만 하다.

과일전 지나다 조생종 귤이 반짝반짝 윤이나 덥석 주워들었다. 집에 오는 길에 녹두전에 먹을 앞은뱅이 술을 또 과감히 샀다.

장날은 생홀아비가 애인이라도 생기는 날이다. 지갑 열고 마음 열고 사람이 열린다. 여기저기 마음 꽃이 활짝 핀다. 얼굴에 향기가 난다. 양 손가락이 끊어지게 들은 검정 비닐봉지 안에 봄꽃이 가득하다. 기분 좋은 웃음소리가 투박한 사투리를 타고 장바닥에 울려 퍼지고 있다.

귀촌

밤은 별밭
낮은 텃밭
아침은 마음밭
그 밭 사이사이
나무와 꽃을 심고
뜨는 해와 지는 달을 우러르며
하루를 일군다

소요유(逍遙遊)

인생은 놀다 가는 것

잘 놀다 가는 것

제대로 놀아보지도 못하고 가면

얼마나 억울할 거나

어찌하면 잘 놀까

장자는 마음 내키는 대로

슬슬 거닐며 돌아다니면서 놀라고

그저 살아있을 때 놀 수 있을 때 재미있게 놀라고

이래저래 세월 가고 나이 먹어 늙어지면

놀고 싶어도 못 놀잖나

잘 걷기를 하나 잘 뵈기를 하나 잘 들리기를 하나

하나라도 온전치 못하면

뒤뚱뒤뚱 노인네 소리 듣는다

그나마 놀 수 있을 때 놀자

오늘 아니면 내일은 없다고

놀 수 있는 마음이 행복이다

꽃이 향기를 풍길 때 즐겨야 하듯

그렇게 살고 지고

아침이면 싱그러운
나팔꽃처럼

오가는 이 반가운
코스모스처럼

바람에 흔들리는 갈대인 듯
비바람에 꿈적 않는 솔나무인 듯

하루해 넉넉히 마무리하고
사뿐히 지는 저녁놀처럼

어둔 밤 아름다운 꽃밭 만들고
말없이 사라지는 하고많은 별처럼

그렇게 살고 그렇게 지고파

글귀

이십구 년을 키워온 아들
장가갈 날 일주일밖에 안 남은 날
아들에게 내 마음을 담으면서
한평생 정신의 길잡이가 될 만한 무엇이 없을까
궁리하다가

그렇지, 화이부동(和而不同)
그동안 내 마음의 지표로 삼았던 것
그러나 이젠 늙어가는 몸에 젊은 양복 같은 것
이파리 싱싱한 아들한테 더 맞을 거야
"이거 아빠가 좋아하는 글귀인데 너 가져갈래?"
녀석 머리를 긁적이며
"이거 갖다 걸 데가 없는데…."
이게 단순한 액자로만 보이나
그래, 너 하고 싶은 대로 살아라
이십구 년을 쌓아온 탑이 한꺼번에 무너져 내린다

새끼는 품 안의 새끼
혼자 날 수 있는 새끼는 이미 새끼가 아니다
둥지를 떠나는 새는 아무것도 갖고 가지 않는 법

그렇다 아들아,
이제는 제 스스로 글귀를 세워야 하는 것이지
그것은 애비의 마지막 아주 미련한 미련이었다
단칼로 베어버렸다

이로써 나는
아들을 완전하게 보낼 수 있게 되었다

김치전

비 오는 날에는 김치전이 땡긴다

시원시원한 막걸리 한 잔 벗 삼아 혼술도 좋다

묵은 김치에 토실토실한 오징어 한 마리

툭툭 썰어 넣어

부침가루 반죽해서 약간 바삭하게 부쳐내면 끝

조금은 시큼매큼 고소 구수한 맛에

술이 술술 넘어간다

씹히는 것은 잘근잘근 씹을수록 단맛이 난다

씹지 않고 본질을 제대로 알 수 있을까

오징어든 인간이든 뭐든

내 것도 그렇다

동서울버스터미널 화장실에
크게 갈겨 쓴 낙서

군바리 ○○는
쌀 때까지
시원하게

빨아줘야 한다
내 것도 그렇다

앞집 할매의 인생

이팔 풋풋했던 배고픈 처녀가 전라도 어디 살다
사람장사꾼에 업혀와 콩 한 가마니에 첩으로 팔려
충청도 요 땅에 살게 되었는데
얼마 안 돼 남편 죽고 어린 자식까지 죽어
피붙이 하나 없는
과부로 삶의 대부분을 보내었으니
세월은 할매를 독거노인으로 만들었다
온 이빨 다 빠져도 틀니 하나 해 줄 사람 없어
잇몸으로 먹고
잇몸으로 벙어리처럼 말하고 다니면서
호미보다 손으로 풀 뽑고
고부랑 허리는 안 될 정도로 씩씩했지만
그놈의 세월 먹는 화살은
할매에게도 어김없어 이젠 일도 놓고
겨우 밥이나 끓여 먹고 지내는데
중간중간 남는 시간에
외로움과 쓸쓸함과 허무가

할매를 못 살게 하고 있는 것이다
할매의 인생 그 애간장 속내가
쭈그러진 주름으로 튀어나와
지난겨울 얼어 죽은 하얘진 댓잎만큼이나
보기 싫은데
갈수록 번창하는 내 얼굴 검버섯도
할매 얼굴 주름과 다를 게 무엇이겠는가

나무를 사열하다

그대는 보았나요
떨어지는 갈잎을

그대는 들었나요
낙엽 밟는 소리를

그러고 얼싸안아 보았나요
푸르던 잎 차마 떨어낸 나무를

찬바람에 우뚝 선 나무들의 사열
머리털 쭈뼛 코끝이 쨍
시퍼런 서슬 향해 엄숙한 경례를 올립니다

쌓이고 쌓인 낙엽은 어머니 품속
여문 씨앗 하나 새벽이슬 젖을 물고
봄날 아지랑이 너머 아기 얼굴을 내밉니다

퇴고

시는

고치고
고치는 맛

고치고 또
고치면

하얀
누에고치가 된다

뜸을 들이면
들일수록

시는 누에실처럼 빛난다

사랑에 대한 개그

아내와의 사랑은
어쩔 수 없는 사랑

아들과의 사랑은
언제나 든든한 사랑

딸과의 사랑은
시도 때도 없는 수다 사랑

손자 손녀와의 사랑은
한도 끝도 없는 짝사랑

며느리와의 사랑은
거리가 있는 사랑

첫사랑 애인과의 사랑은
물대포로도 끌 수 없는 사랑

하지만
영원한 꿈속의 사랑

그럼 시와의 사랑은?
바보 같은 사랑

파지

점심으로 감사히 콩나물국밥을 모셨다
졸음 귀신은 사양의 예절을 몰라
지하철 경로석에 앉아 오늘 배운 시로 달랜다
옆자리에 수십 년 농사꾼 같은 노인
쉽게 말을 건다
"무얼 그리 열심히 보슈?"
"아, 이건 십니다."
"아이구, 파지 깨나 날리시는군."
"나도 왕년에 시 좀 공부했소, 시는 배고파야 나
오는 거요. 배부르고 등 따신 사람들 무신 시를
쓰겠다구."
"당신의 시나 한번 보여주슈."
나는 오늘의 습작시 뭉치에서 가장 마음에 드는
놈을 골라 푸른 감성으로 고귀한 영혼이 울리는
소리를 들려주었다
"내는 무신 구신 신나락 까먹는 소린지 모르것고,
파지로나 주시지 않캇소?"

"이건 안 되오. 내 새끼 같은 것이오."

"세상에 넘치고 처지는 게 시(詩)고 시인(詩人)이오. 시는 있으나 시가 없고, 시인은 있으나 시인이 없소."

그 노인, 벌떡 일어나 또 다른 파지 찾아간다

시 공부

시는 마음의 노래
시인은 노래 하나로 하늘을 나는 새

시는 감성의 파도
시인은 파도를 타는 수상스키어

시는 말의 꽃밭
시인은 온종일 꽃밭을 헤매는 나비

시는 부끄러움
시인은 부끄럼을 모르는 새악시

시는 어둠 속의 번쩍임
시인은 번쩍임을 눈 깜짝할 새 낚아채는 올빼미

시는 직유 은유… '유' 자 돌림
시는 응축 함축… '축' 자 돌림

시인은 돌려차기를 잘하는 태권도선수

시는 고려청자 조선백자
시인은 나랏말을 영혼으로 빚어내는 도공

시는 삶이며 죽음
시인은 시로 살고 시로 죽는 영원한 청춘

이순을 넘어 두드린 시 공부 교실에서
어느 날 홀연 시란 괴물이 내 안으로 들어왔다

베스트셀러

바람의 맛과 쏠림이었다

'아름다운 가게'에서 아름다운 가격으로 놈을 모셔왔으니 기분 좋게 맛을 보리라. 그의 집을 보자마자 눈길을 확 잡아끄는 대문이며 담벼락에 그려진 그림이 하도 예뻐 몰래몰래 떨어지는 눈송이처럼 집 안 여기저기 발자국을 내었다. 겹겹이 늘어선 방들, 알곡 그득하게 보이는 광, 헛간 뒷간까지 구색을 갖추었고 햇빛 부신 툇마루가 좋아 보였다. 대청 안방 서재에 걸린 화려한 간판에 취하다가 한동안 먹을 만한 것을 못 먹은 허기든 귀신이 내려 눈길 발길로 먹어댔다. 바람이 그토록 좋다고 떠든 맛이 이런 거였을까? 숙취 다음 날 묵은 지에 멸치 넣고 끓인 해장국 같기도 하고 입맛 없을 때 이것저것 남은 반찬 넣고 비빈 비빔밥 같기도 했다. 그렇지만 아무래도 조선간장이나 초고추장에 무친 봄나물은 아니었다. 혹시나 해서 눈

비비고 찾아봤지만, 산꼭대기에서 물을 찾는 일이었다. 맛의 결정권은 바람에게 있었던 것, 바람이 쓸고 간 자리에는 맛을 알 길 없는 낙엽만이 뒹굴었다. 급기야는 그 집을 뛰쳐나오고야 말았는데….

문득 '아름다운 가게'에 놈을 기부한 사람이 생각나는 것이었다.

우리 동네 장씨 아자씨

"장씨 아자씨, 우리 집 잘 나오던 텔레비가 갑자기 안 나와유. 조옴 와서 봐저유."

"어디 가는 겨~? 운동을 할려면 뛰어 대녀야지 노인네마냥 슬렁슬렁 댕기면 뒤야 이따 회관에 증심 먹으로 와 콩나물밥 했디야."

"뭐하고 있는 겨? 방구석에서 부랄 만지고 있어? 빨랑 나와 어디 봉사단체에서 와서 칼 낫 도끼 뭐든지 다 갈아주고 점심에 짜장면까지 해준다잔여."

"지금 또 부랄 만지고 집에 있는 겨? 퇴비 나왔어, 어따 놀겨? 알았어 내 집에까정 갖다 놀게."

나는 툭하면 방구석에서 뭐나 만지작대는 놈이 되어도 슬렁슬렁 다니는 노인네가 되어도 고추 고구마 땅콩을 언제 심는지 퇴비는 언제 뿌리는지 가을걷이 겨울 갈무리 뭐 아는 게 별로 없어도 동네에서 이런 소리 듣는 게 좋다.

언제부턴가 조 씨 노 씨만 사는 우리 동네에 유성처럼 떨어진 외계인이 '형님', '동생'이며 '장 씨 아자씨'가 되었다.

윌리엄 워즈워드의 말

시는 강렬한 느낌이
자연스럽게 흘러넘치는 것으로,
평온한 마음속에 다시 모인 감동이 그 원천이다.
시골 가난한 사람들의 스스로의 감정의 발로만이
진실된 것이며 그들이 사용하는 소박하고 친근한
언어야말로 시에 알맞은 언어다.
평범한 삶에서 소재를 선택할 것과 일상적인 언
어를 사용할 것, 그리고 그 평범한 일상을 시인의
상상력으로 채색할 것
강력한 감정의 자발적 넘쳐흐름으로 쓰는 시가 좋
은 시다
순수한 시란 가장 단순한 말로 쓰여야 한다
자연의 직접묘사가 아니라 오랜 시일이 경과한 후
에 조용히 회상하는 가운데서 진정한 시가 생겨
나는 것이다

250여 년 전 영국에서 살았던 윌리엄 워즈워드의 시작(詩作)에 대한 생각이 오늘 여기 한국에 사는 시인 흉내 내는 나에게 왜 비수처럼 꽂히는지 신기하다

문학하는 이유

"죽을 각오로 압록강에 뛰어들 때 이런 날이 올
줄은 상상도 못 했다."
탈북민 김설 씨가 단편소설 『고두산』으로
이무영 신인문학상을 받으며 눈물로 뱉은
첫마디다.
때는 걸러도 책을 놓지 않았고
밤이 새도록 글을 읽었다.
항상 언젠가는 글을 쓰겠노라
꼭 소설을 쓰겠노라고
생이 걸레처럼 닳고 닳아도
굶기를 밥 먹듯 해도
피를 토해도 쓰겠다고 다짐했었다.
그리고 모진 간난을 이겨내고 탈북하여 남한에
정착했다.
마침내 그녀의 무지개 같은 꿈은 기적처럼 이루어
졌다. 많은 사람들의 가슴이 출렁였다.
사는 것은 무엇인가? 글은 무엇 때문에 쓰는가?

그녀가 끝내 놓지 않은 생의 질긴 끈은 앙상한 가
슴에 켜켜이 쌓인 무엇이었다.

이것을 풀어내지 않고서는 살 수 없는 것이었다.
문학은 바로 살기 위한 것이었다. 죽을 수 없는
이유였다.

왕소나무

충청북도 괴산군 청천면 삼송리에 가면
천연기념물 왕소나무가 소처럼 누워 있다
나는 그 임이 살아 있을 때 뵈었다
키가 13미터를 넘고 허리는 5미터에 가까우며
용의 기상은 푸른 하늘과 검은 땅을 덮었다
육백 년 역사를 휘감고 있는 임의 모습
그 붉은 빛을 나는 감히 올려다보지 못했다
세월 따라 사람들은 감탄하고 경외하며 안녕을
빌었다
그 임이 자리 잡은 땅은 돌투성이 언덕
수 없는 세월을 어찌 뿌리내려 살아왔는가
생명을 뻗어가는 열망은 목리(木理)를 뒤틀었고
얼굴에 온몸에 붉은 꽃을 눈송이처럼 피웠다
유한한 생명이 이별하는 날
무도한 태풍이 임을 뿌리째 뽑아 넘어뜨렸다
사람들은 놀라 되살리려 온갖 노력을 기울였으나
한 번 쓰러진 몸은 스스로 일어나지 못했다

이제 그 임은 한낱 죽어 자빠진 소나 말이거나
송장 같은 나무토막,
그래도 몸은 가도 혼은 남는 것
그 웅혼한 기상 사람들 가슴속에 살아 숨 쉬고
가까이서 지켜본 소나무들 미래의 왕소나무를 꿈
꾼다

한산소곡주

그날 밤 신성리 갈대밭 가는 길 백제금강 뭐라 쓴 간판을 따라 야트막한 산 아래 동네에 들어갔다. 동네 이장은 우리를 그 밤의 귀한 손님으로 초대 했다. 이장이 안내한 시골방에는 교통사고로 30 년을 누워만 사는 남자와 그 남자를 남편으로 생을 꾸려가는 여자가 있었다.

백제가 멸망한 한을 술로 빚었다는 한산소곡주 이 집의 소곡주는 남편의 주조법대로 아내가 빚는다. 그는 보지 않고 맛보지 않고 술이 익는 것을 안다. 남들이 한 판에 서 말 술을 뽑으면 그는 두 말만 만든다. 그 세월이 삼십 년 침대만 베고 사는 그 사내의 진정을 드디어 사람들이 알아주기 시작했다. 입에서 입으로 난 소문이 서울로 가더니 바다 건너 까지도 갔단다.

아내는 담배에 불 붙여 남편의 입에 물려준다. 담배 연기가 소곡주 향기 사이로 삼십 년 세월을 그린다. 담배 연기가 그리는 슬프고도 아름다운 산수화 속에서 우리는 세상에서 가장 향기롭고 가장 가슴 찌릿한 술을 마셨다.

산이요 산

저 따순 햇살 실어 공주 시집 보낼 제
임금이 하사한 사패산, 그 옆구리에 도 닦아 조는
봉우리 줄줄이 도봉산, 달 보고 눈물짓는 망월사
를 품었네
도봉산 너머 북한산,
북한산보다 삼각산이란 이름이 마음에 드는 걸
삼각산 너머 흘러가는 구름 제치면 마음 편안한
남산, 남산타워 높이 올라 서울 구경하고 싶어라

산이요 산
고개 돌려 오른쪽 양주골 너머 불곡산
봉긋한 처녀 젖가슴 죄다 만지고픈 두 봉우리
사뿐히 버선발로 내려와 천보산
하늘이 내린 보배는 없고 이동통신 철탑만 우뚝
왠지 뒤가 켕겨 돌아보니
골골이 너럭바위 위로 물 굴러 굴러
수락산, 남쪽 하늘 아래 부처님 모습으로 온
불암산이 받쳐주고 있었네

산이요 산

다시 고개 돌려 수락산 줄기 능선 타고 내려오다

도정봉, 기차바위 능선 죽었다 살아난

이름 없는 봉우리 하나

밥 먹듯이 올라 나 새로워지는 산

거기서 내리 흘러 흘러 큰 바위 쉼터

대부님 생전에 경치 감탄하던 자리

대통령이 뛰어내린 부엉이바위 같은 자리

산이요 산

앞뒤좌우, 동서남북, 사방팔방

어허, 나는 언제나 산속에 있었구나

온 세상이 다 보인다

산속에서 세상이 보이는 건

네가 서 있는 자리가 바로 중심이기 때문이라고

까악까악 까마귀가 지나가며 알려준다

삼베 고깔

어~노 어~노
오날이 넘자 어~노
이제 가면 언제 오나
오날이 넘자 어~노

살을 에는 추위
무릎까지 빠지는 눈이 외려 따뜻했다
열한 살 먹은 상주가 삼베고깔모자를 쓰고
혼자서 누가 쥐어준 막대기를 짚어가며
꽃도 없고 만장도 없는 상여를
울며불며 따라갔다

어~노 어~노
오날이 넘자 어~노
마흔셋에 오랜 해수병으로 아버지는 가셨다
열일곱 큰딸 열다섯 둘째 딸 열한 살 큰아들
다섯 살 막내아들에

서른셋 어머니를 뒤에 남기고
남은 재산이란 사글세 집에 팥 서 말이 전부였다

어~노 어~노
오날이 넘자 어~노
이제 가면 언제 오나 오날이 넘자 어~노
온 동네 사람들이 모두 나와 울었다

자연이 가르쳐준 생명의 시

나 호 열
(시인, 문화평론가)

장현두는 누구인가?

나에게 시인 장현두는 늘 새롭게 다가오는 사람이다. 몇 년 전 시를 함께 공부하는 모임에 얼굴을 비쳤다가 홀연히 사라졌다. 그 이후 본 적이 없으니 얼굴도 희미한데 어느 날엔가 느닷없이 고구마 한 박스가 배달되어 충청도 괴산 땅 주소가 적혀 있어 어리짐작으로 귀촌(歸村)을 짐작할 뿐이었다.

그리고 또 몇 년 후 이번에는 몇 년간 필진으로 참여했던 『산림문학』의 지면을 통해 그가 시인으로 등단했

음을 알 수 있었고, 이윽고 이번 여름에는 백 편의 시를 묶어 내게로 찾아왔던 것이다. 시절인연(時節因緣)이 이런 것인가!

시집 『몰래보는 영화』의 첫 독자가 되어 다시 시인 장현두의 면면을 새롭게 바라보게 되는 것이 어찌 남다르지 않겠는가?

시 「나의 격차」에 드러나는바, 그는 과거에 은행원이었고, 「동네 갑장」이나 「괴산 장날」을 읽어 보면 지금 그가 살고 있는 곳은 그와 아무런 연고가 없는 타지(他地)였음을 알 수 있다. 어쨌든 가족이 있는 도시를 떠나 혈혈단신 농촌에 정착한다는 것은 도전을 두려워하지 않는 강렬한 의지가 없으면 불가능한 일이다.

많은 사람들이 삭막한 도시를 떠나 전원생활을 꿈꾸며 거처를 옮기지만 농촌의 인심도 예전과 달리 외지인에 대한 배려가 녹록치 않다는 이야기가 들리는 것을 볼 때, 장현두 시인의 시골살이는 나름 성공적으로 보인다. 분명한 것은 시인의 귀촌이 생계를 도모하기 위한 것도 아니고, 사회에 대한 불만이나 혐오에서 비롯되는 도피가 또한 아니라는 점이다.

그의 많은 시편에서 사람들과의 교감을 꿈꾸고, 부재하는 사람들을 그리워하는 정서를 표출하는 것을 보아 그의 귀촌은 자연(自然), 더 나아가서 노자가 말하는 무위자연(無爲自然)의 경계에 다다르려 하는 열망에 기인하는 것이라고 우선 짐작할 수 있다.

"나무와 풀들 꽃과 새들과 얘기를 나누(「개운하다」 부분)"는 일은 불교에서 말하는 인드라 망(Indra 網: 모든 개체는 따로 있으면서 서로 연결되어 있는)을 체득하지 않으면 이룰 수 없는 것이다. 도시생활의 편리함을 포기하고 자연의 시스템인 생태(生態)의 세계에 투신한다는 것은 도(道)의 경지에 이르는 것과 다름이 없는 것이다.

『홍천강에서 주경야독 20년』의 저자 최영준 교수는 퇴직 후의 전원으로의 귀환을 위해 50대부터 10년을 길도 없는 땅을 주말마다 오가면서 자신의 몸과 마음을 자연의 생태에 적응시키기 위한 연습(?)을 거듭했다고 한다. 그는 이렇게 말한다.

"농촌은 막연한 이상향이 아니다. 생산과 노동의 삶이다. 농사야말로 욕망을 내려놓고 자연에 순응하면서 겸손하게 사는 법을 실천하는 일이다."

자연을 공부하다

시집 『몰래 보는 영화』는 사계(四季)에 대한 관찰 일기라고 해도 무방하다. 그러나 우리에게 크나큰 선물인 사계절의 변화는 나이 들어감에 따라 몸과 마음의 적응에 어려움을 준다. 잠시 북미(北美)의 인디언들의 계절감각을 상기해 보자. 그들은 봄은 한결같은 것은 하나도 없는 삼월로(생명의 돌아남), 여름이 시작되는 7월은 열매가 빛을 저장하는 달이며(과육이 성장하는), 가을은 큰 바람이 불어오는 10월로(겨울을 예감하는), 겨울은 침묵하는 12월(생명의 종식)로 인식하는 감각적 예지가 가득하다. 이는 우리 농촌의 사계 풍경과 별반 다름이 없음을 알 수 있다. 아무래도 농촌은 이런 계절의 변화에 민감할 수밖에 없으며 생산과 노동이 연쇄적으로 이루어져야 하는 까닭에 도시의 낭만적 완상(玩賞)과는 거리가 멀다. 그 대신 인공의 도시에서 맛보지 못하는 생명의 약동을 누구보다도 가까이할 수 있는 기쁨이 있다.

조팝꽃 향기를 먹었다

달다

잉어가 튀는 물방울 맛을 보았다

짜릿하다

새색시 발걸음처럼 돋아나는 뽕잎

새순 따다 나물 무쳐 주신 울 엄니

단풍나무 새 이파리 속에 빨간 꽃

사시나무 그것처럼 늘어진 수꽃

벌 나비 오지 않아도 꽃이다

잔잔한 강에 오리가 숨바꼭질한다

나 어릴 때 둠벙에서 그렇게 놀았다

여기저기 애기똥풀이 "나 똥 안 쌌어요." 외친다

금낭화 기다란 활대에 복주머니 주렁주렁

가득 채워 갖다 드릴 어무이 계셨으면

세상 눈부시게 밝혀 놓은 벚꽃

이제 꽃비로 진다

그 아래 홀로 서서

내 속의 소리를 듣는다

봄은 나 혼자 몰래 보는 영화

연둣빛 이파리에 새 힘이 솟는다

문득, 휘익휘익 새소리 실은 바람

옆구리 한 편 뻥 뚫린다

- 「몰래 보는 영화」 전문

　이 글의 뒤에서 다시 언급하겠지만 장현두 시의 독
특함은 생활에서 우러나온 진정성과 그 진정성을 직각
적(直覺的) 언어로 풀어내는 솜씨에 있다. 시를 한마디
로 정의 할 때 "시는 은유이다."라고 할 수 있으며, 이때
의 은유(隱喩)는 의도(意圖)의 감춤과 다르게 말하는 것
을 뜻한다. 그런데 장현두 시에서는 순간적 감정의 표출
이 어떠한 장식도 없이 자연스럽게 튀어 오른다는 것이
다. 마치 우리가 예기치 못한 삶에 직면했을 때 내지르
는 "아!", "아이고 어머니!"와 같은 표현들이 리드미컬하
게 표출되면서 묘한 여운을 남기는 것이다. '향기를 먹
을 때'의 전율이 '달다'로 전이되고, '물방울 맛을 보았을
때'의 시각(視覺)이 '짜릿함'으로 치환되며 그 풍경 속에
서 "내 속의 소리를 듣는다."라고 할 때의 그 '들음'은 우
리가 무심히, 그리고 당연하게 생각하는 생명의 소리를
감지한다는 고백인 것이다.

왜 '몰래 보는 영화'라고 하는가? 그 누구에게 "나는 살아 있어!"라고 외친다고 할 때의 떨떠름하게 그를 쳐다보는 장면을 떠올려보라! 장현두 시인도 어머니를 그리워하고 이루지 못한 사랑에 애틋해한다. 그러나 "기다린다고 그리운 사람 오지 않고 가고 싶다고 함께 갈 사람 있을까 / 이제는 혼자가 편하다 / 어차피 우리는 혼자가 되지 않는가(「오월은 가고」 부분)"라고 아프게 자문한다. 이런 삶에 대한 비극적 인식이 장현두 시인에게 슬픔이나 절망으로 받아들여지지 않는데 오히려 진정성이 돋보이게 되는 것은 아닐까?

생은 그때그때 멋지게 사는 거
죽음은 멋진 때가 끝나는 거

– 「대구 매운탕」 부분

그렇습니다. 너무 늦은 때란 없습니다. 살아 있으면 나날이 새날이니까요.

– 「팔십에 나무심기」 첫 행

삶의 진정성은 명상에서도 찾을 수 있고 학문적 식견의 연마를 통해서도 얻을 수 있겠지만 장현두 시인은 자연에 면벽한 채로 불통의 인간계를 아쉬워하고 그리워하면서 불시에 찾아오는 고독을 연습하면서 체념이 아닌 '몰래 보는 영화'의 주인공이 되고자 하는 것이다. 이는 아마도 "법, 법 하는 세상에 틀린 법으로 / 살아가는 사람이 있(「틀린 법」 부분)"음을 믿고자 하는 것과도 일맥상통한다.

　　그래서 「몰래 보는 영화」의 많은 시편들- 꽃들을 관찰하면서 얻은 삶의 숨결을 기록한 2부와 3부 -은 인간의 잣대로는 그 가치를 가늠할 수 없는 무모해 보이는 생명의 에너지에 경외를 보내는 것으로 가득 차 있다.

　　　뽑고 나서 돌아보면

　　　놈이 올라오네

　　　돌아서 뽑고 나면

　　　다른 놈이 올라오고

　　　옆으로 돌아서면

또 다른 놈이 올라오네

또 뽑아버리고 뒤돌아보면

또 올라오는 놈 있네

고무망치로 저 놈의 대가리를 개 패듯 패고 말리라

꽃이 없어 향기가 없어

달콤한 열매가 없어

숨길 것도 잃을 것도 없어

비울 것도 없어라

그저 삶이라는 희망 하나

끈질기게 붙잡고 늘어지고 늘어져

내 마음 밭에 무한히 심는다

늘 싱싱한 희망이란 이름의 잡초를

– 「잡초」 전문

사실 엄밀히 말자자면 이 세상에 잡초는 없다. 모든 생명은 평등하다. 단지 인간이 만든 유용함의 잣대에 따라 베어지는 운명에 처할 뿐이다. 배추도, 무도 꽃을 피운다. 감자도 여름이면 예쁜 꽃을 피우는데 인간은 튼실한 수확을 위해 꽃들을 여지없이 꺾어 버린다.

그 잡초를 시인은 '삶'이 곧 '희망'이라는 등식으로 해석하면서 '사람다움'의 의미를 우리에게 냉소적으로 되묻는다.

당신은 희망이 잡초가 아니라고 생각하는가?
이와 같은 인간 일반에 대한 냉소적 관점은 시「불나방」에서 더 명확하게 드러난다.

불나방의 눈엔

죽음은 안 보이고 불만 보여

죽고 나면 불인지 죽음인지 알 길이 없어

죽기 직전까지 황홀한 불빛에 행복했을 거야

그럼 된 거 아냐?

그러니 바보처럼 죽을 줄도 모르고

불빛에 달려든다고 멍청하다 말하지 말게

생은 오직 연장이 아니고 순간이야 순간 살아있는 순간

그 순간까지 행복하면 행복이야

생은 죽음으로 완성 되는 것

죽은 후에는 아무것도 없다는 것

다만 네 생은 뒤에 남아 있는 사람들의 기억 속에만 남는다
는 것
그러니 그 기억이 남아 있든 말든
네가 신경 쓸 일이 아니지

– 「불나방」 전문

　우리는 방하착(放下着)을 늘 읊조리며 산다. 명예도, 부(富)도 죽음 앞에서는 무용한 몸부림이라는 것을 잘 알고 있으면서도, 마치 자신은 그러한 욕망에서 탈피하거나 극복한 존재라고 떠들어댄다. 불을 향해 자신의 몸을 던지는 부나방을 손가락질 하거나 말거나, 아니면 멋진 삶을 살았다고 기억되기 위해 과장된 몸짓에 허우적거리는 것이 어디 남의 일인가?

　앞에서 언급한 「대구 매운탕」이나 「오월은 가고」와 같은 삶에 대한 부정적 인식이 설익은 해탈이나 허무주의에 빠지지 않는 까닭은 노자 『도덕경』 제5장 첫 머리에 나오는 '천지불인 만물위추구(天地不仁 以萬物爲芻狗)'를 배우고자 하는 시인의 근력에서 비롯되는 것이다. "내,

나이 들어도 고개 숙인 해바라기가 될 수 있을까(「가을에 머물고 싶습니다」 부분)” 하는 겸손함, “그렇지, 화이부동和而不同 그동안 내 마음의 지표로 삼았던 것(「글귀」 부분)”과 같은 화해와 결기의 정신을 제사가 끝나면 가차 없이 없애버리는 지푸라기로 만든 개의 운명에서 감지하고자 하는 데서 찾음으로써 끝내 “언제부턴가 조 씨 노 씨만 사는 우리 동네에 유성처럼 떨어진 외계인이 ‘형님’, ‘동생’이며 ‘장씨 아자씨’가 되(「우리 동네 장씨 아저씨」 마지막 부분)”는 것으로 귀결되기를 바라는 것이다.

시인 장현두의 시 쓰기

『몰래 보는 영화』의 마지막 4부에는 장현두 시인의 시 쓰기의 얼개가 드러나 있다. 시의 무용(無用)을 토로한 「파지」를 비롯하여 「시 공부」, 「문학하는 이유」, 「퇴고」, 「윌리엄 워즈워드의 말」 등이 그러한 시편이다. 오래 전 고려의 문인 이규보는 시를 ‘시언지(詩言志)’라고 정의했다. 즉, ‘마음속의 뜻을 밝혀 말하는 것’이 시인 것인데, 이때의 시는 마음을 갈고 닦는 도구가 되는 셈이다. 이

때 절차탁마(切磋琢磨)의 수련을 통해서 문득 마음이 밝아지고 맑아지는 것이 아니겠는가? 윌리엄 워즈워드는 시를 '감정의 어쩔 수 없이 흘러넘침'이라고 설파했다. 이러한 낭만주의적 경향은 오늘날의 시대적 경향과는 거리가 있는 것이 사실이다. 그럼에도 불구하고 '윌리엄 워즈워드의 말'이 장현두 시편에서 강한 설득력을 갖는 것은 그의 귀촌이 자연 속에서 생명의 의의를 찾고, 자연의 작동원리를 배우고 순응하여 진정한 주체적 자유를 얻음으로써 자연이 가르쳐준 생명의 시편들로 태어났기 때문이다. 일견 타당하면서도 시류와는 거리가 있는 워즈워드의 시론은 오늘날에 화이부동(和而不同)의 세계를 관통하는 지름길이기도 한 것이다.

짧게 장현두 시인의 첫 시집 『몰래 보는 영화』 상재를 축하하면서 삶의 진경(珍景)을 노래하는 시들이 무궁무궁히 꽃으로 피어나기를 기대한다.

인생은 놀다 가는 것
잘 놀다 가는 것

－「소요유(消遙遊)」 첫 부분

몰래 보는 영화

펴 낸 날　2022년 10월 21일

지 은 이　장현두
펴 낸 이　이기성
편집팀장　이윤숙
기획편집　서해주, 윤가영, 이지희
표지디자인　서해주
책임마케팅　강보현, 김성욱
펴 낸 곳　도서출판 생각나눔
출판등록　제 2018-000288호
주　　소　서울 마포구 잔다리로7안길 22, 태성빌딩 3층
전　　화　02-325-5100
팩　　스　02-325-5101
홈페이지　www.생각나눔.kr
이 메 일　bookmain@think-book.com

• 책값은 표지 뒷면에 표기되어 있습니다.
　ISBN 979-11-7048-457-8 (03810)